历代笔记小说大观

鹤林玉露

[宋] 罗大经 撰　孙雪霄 校点

图书在版编目（CIP）数据

鹤林玉露/（宋）罗大经撰；孙雪霄校点.—上海：上海古籍出
版社，2012.11（2014.1 重印）
（历代笔记小说大观）
ISBN 978 - 7 - 5325 - 6378 - 4

Ⅰ．①鹤…　Ⅱ．①罗…②孙…　Ⅲ．①笔记小说—小说集—中
国—宋代　Ⅳ．`①I242.1

中国版本图书馆 CIP 数据核字（2012）第 045522 号

历代笔记小说大观

鹤 林 玉 露

[宋]罗大经　撰

孙雪霄　校点

上海世纪出版股份有限公司
上 海 古 籍 出 版 社 出版
（上海瑞金二路 272 号　邮政编码 200020）
（1）网址: www.guji.com.cn
（2）E - mail: gujil@guji.com.cn
（3）易文网网址: www.ewen.cc
上海世纪出版股份有限公司发行中心发行经销
上海市印刷十厂有限公司印刷
开本 635×965　1/16　印张 14.25　插页 2　字数 192,000
2012 年 11 月第 1 版　2014 年 1 月第 2 次印刷
印数: 2,101—3,200
ISBN 978 - 7 - 5325 - 6378- 4
Ⅰ·2532　定价: 24.00 元
如有质量问题, 请与承印公司联系

校 点 说 明

《鹤林玉露》十八卷,一作十六卷,宋罗大经撰。大经字景纶,庐陵(今江西吉水)人。约生于宁宗庆元初年,嘉定十五年(1222)乡试中举,理宗宝庆二年(1226)登进士第,历任容州(今广西容县)法曹掾、抚州(今江西抚州市)军事推官等,后因事被劾罢官。在悠闲的山居生活中度过余生。

据作者书前自序,称其闲居时"日与客清谈鹤林之下",久之令人记下成编,用杜甫诗"爽气金天豁,清谈玉露繁"而名之。书中或考证经史,或记述时事。《四库全书简明目录》称其体例在诗话、语录、小说之间,宗旨在文士、道学、山人之间,大抵详于议论而略于考证。书中议论多能有感而发,因时而论,所记事实也能补史之未备。前人对此已多有美誉。至明代叶廷秀则专从书中辑出诗话四十条而成《诗谭续集》。另书中若干人物逸事亦颇具小说价值,常为后世小说、戏曲所采用。

本书版本分十八卷和十六卷两种系统。十八卷本分甲、乙、丙三编,十六卷本不分编。据考证,十八卷本较十六卷本多出四十条,较为接近罗书原貌,而十六卷本当是十八卷本散乱之后的重编。此次校点,以涵芬楼《宋人小说》丛书所整理的日本宽文二年翻刻明万历十八卷本为底本,校以《稗海》等书。凡底本有误者,据校本改正。底本原作天、地、人三编,然据书中所记,当为甲、乙、丙三编,故予以改正。

目　　录

甲　编

乙　　编

丙　编

甲 编

甲 编 自 序

余闲居无营,日与客清谈鹤林之下,或欣然会心,或慨然兴怀,辄令童子笔之。久而成编,因曰《鹤林玉露》,盖"清谈玉露蕃",杜少陵之句云尔。时宋淳祐戊申正月望日,庐陵罗大经景纶。

甲编卷一

解经不为烦辞

孟子释《公刘》之诗曰："故居者有积仓,行者有裹囊也,然后可以爰方启行。"释《烝民》之诗曰："故有物必有则,民之秉彝也。故好是懿德。"只添三两字,意义粲然。《六经》古注亦皆简洁,不为烦辞。朱文公每病近世解经者推测太广,议论太多,曰："说得虽好,圣人从初却元不曾有此意。虽以吕成公之《书解》,亦但言其热闹而已。"盖不满之辞也。后来文公作《易、诗传》,其辞极简。

手写九经

唐张参为国子司业,手写九经,每言读书不如写书。高宗以万乘之尊、万机之繁,乃亦亲洒宸翰,遍写九经。云章烂然,终始如一,自古帝王所未有也。又尝御书《汉光武纪》,赐执政徐俯,曰:"卿劝朕读《光武纪》,朕思读十遍,不如写一遍。今以赐卿。"圣学之勤如此。

倒句

《史记》张仪论韩地险恶曰:"民之食太抵饭菽藿羹。"此倒句也。昌黎文"春与猿吟兮秋鹤与飞","淮之水舒舒,楚山直丛丛",亦此类。

如字训而

《春秋》:"星陨如雨。"释者曰:"如,而也。"欧阳公《集古录》载

《后汉郭先生碑》云:"其长也,宽舒如好施,是以宗族归怀。"东坡得古镜,背有铭云:"汉有善铜,出白杨,取为镜,清如明。"皆训"如"为"而"也。

汴 州 诗

昌黎《汴州诗》云:"母从子走者为谁? 大夫夫人留后儿。昨日乘车骑大马,坐者起趋乘者下。庙堂不肯用干戈,呜呼奈汝母子何。"为汴州之乱,留后陆长源遭杀作也。方董晋帅汴,昌黎在幕中。晋专行姑息,知军骄难制,变在旦夕。且死,遗戒丧车速发。及长源代之,绳以严急,军果乱,官属多死之。昌黎随晋丧已去汴,获免。夫长源固失矣,晋不能酌宽猛之中,潜消事变,乃以姑息偷免其身,使相激相形,产后来之祸;又不能先以一语忠告长源,乌得无罪? 昌黎在幕中,盖亦与有责矣。此诗末句似有愧于中,而为自解之辞。

丑 父 纪 信

《左氏传》:鞍之战,邴夏御齐侯,逢丑父为右。齐师败绩,丑父与公易位,为晋韩厥所及,丑父使公下,如华泉取饮而逃。韩厥献丑父,郤献子将戮之。呼曰:"自今无有代其君任患者,有一于此,将为戮乎!"郤子曰:"人不难以死免其君,我戮之不祥,赦之以劝事君者。"此与纪信诈乘汉王之车,以免高祖者何异? 晋宥丑父,而楚焚纪信,项氏之不长也,宜哉!

因 谗 赐 金

张魏公贬零陵,有书数笈自随,谗者谓其中皆与蜀士往来谋据西蜀之书。高宗命遣人尽录以来,临轩发视,乃皆书册;虽有尺牍,率皆忧国爱君之语。此外,唯葛裘布衾类,多垢敝。上恻然曰:"张浚一贫如此哉!"乃遣使驰赐金三百两。秦桧令宣言于外,谓赐浚死。门生、从者闻之,垂泣告公。公曰:"浚罪固当死。若果如所传,朝服拜命,就戮谢国家可也,何以泣为!"问使者为谁,曰:"殿帅杨存中之子也。"公曰:"吾生矣。存中,吾故部曲,朝廷诚欲诛浚,必不遣其子来。"已而使者拜于马前,乃获赐金之命。公之在秦也,开幕延贤,铸铜为印,形迹似稍专,故有以来谗者之口。然反因此得以自明,又赖赐金以自活,天果不佑忠贤乎?

世　短　意　多

《古诗》云:"人生不满百,常怀千岁忧。"而渊明以五字尽之,曰"世短意常多"是也。东坡云:"意长日月促。"则倒转陶句尔。

兹　为　年

《吕氏春秋》云:"今兹美禾,来兹美麦。"注云:"兹,年也。"《公羊传》云:"诸侯有疾曰负兹。"注云:"兹,新生草也。"一年草生一番,故以兹为年。《古诗》云:"为乐当及时,何能待来兹?"《左氏传》"五稔",杜诗"十暑岷山葛",皆此意。

落　　帽

桓温雄猛盖一时,宾僚相从燕赏,岂应有失礼于前者?孟嘉落帽,恐如祢正平袒服掺挝嫚侮曹瞒之意。陶渊明,嘉之甥也,为嘉作传,称其在朝仗正顺,门无杂宾。则嘉亦一时之望,乃肯从温,何也?温尝从容谓曰:"人不可无势,我乃能驾驭卿。"亦颇有相靳之意。辛幼安《九日》词云:"谁与老兵供一笑,落帽参军华发。莫倚忘怀,西风也,解点检尊前客。凄凉今古,眼中三两飞蝶。"意谓嘉不当从温,故西风落其帽以贬之,若免冠然。

四　　胜

周瑜赤壁,谢安淝水,寇莱公澶渊,陈鲁公采石,四胜大略相似。杜牧云:"东风不与周郎便,铜雀春深锁二乔。"意亦著矣。谢安围棋别墅,真是矫情镇物,喜出望外,宜其折屐。澶渊之役,毕士安有相公交取鹘仑官家之说,高琼有好唤宰相来吟两首诗之说,则当时策略,亦自可见。"天发一矢胡无酋",荆公句意与杜牧同。采石之师,若非逆亮暴急嗜杀,自激三军之变,亦未驱攘。是时,亮虽遭戕,虏师北归,纪律肃然,无一人叛亡,此岂易胜之师乎?朱文公曰:"谢安之于桓温,陈鲁公之于完颜亮,幸而揑得他死尔。"要之,吴、晋乃天幸,宋朝真天助也。

兵　　粟

张仪云:"兵不如者,勿与挑战;粟不如者,勿与持久。"二语用兵者所当知。

守　　城

守城必劫寨。刘信叔守顺昌,以数千人摧兀术数十万众,是劫寨之力也。守城不劫寨,是守死尔。

三 事 相 类

楚公子微服过宋,门者难之。其仆操箠而骂曰:"隶也不力!"门者出之。晋王廞之败,沙门昙永匿其幼子华,使提衣囊自随。津逻疑之,永诃曰:"奴子何不速行!"捶之数十,由是得免。宇文泰与侯景战河上,马逸坠地,李穆见之,以策扶泰背,曰:"笼东军士,汝曹主何在,而尚留此!"追者不疑其为贵人,与之马,与俱还。三事相类。若郭子仪杀羊而裴谓劾之,李愬进兵而温造弹之,亦此意也。

范石湖使北

淳熙中,范至能北使,孝宗令口奏金主,谓河南乃宋朝陵寝所在,愿反侵地。至能奏曰:“兹事至重,合与宰相商量,臣乞以圣意谕之,议定乃行。”上首肯。既而宰相力以为未可,而圣意坚不回。至能遂自为一书,述圣语。至虏庭,纳之袖中。既跪进国书,伏地不起。时金主乃葛王也,性宽慈,传宣问使人何故不起,至能徐出袖中书,奏曰:“臣来时,大宋皇帝别有圣旨,难载国书,令臣口奏。臣今谨以书述,乞赐圣览。”书既上,殿上观者皆失色。至能犹伏地。再传宣曰:“书词已见,使人可就馆。”至能再拜而退。虏中群臣咸不平,议羁留使人,而虏主不可。至能将回,又奏曰:“口奏之事,乞于国书中明报,仍先宣示,庶使臣不堕欺罔之罪。”虏主许之,报书云:“口奏之说,殊骇观听,事须审处,邦乃孚休。”既还,上甚嘉其不辱命,由是超擢,以至大用。至能在燕京会同馆,守吏微言有羁留之议,乃赋诗曰:“万里孤臣致命秋,此身何止一沤浮。提携汉节同生死,休问羝羊解乳不。”

常 调 官

范文正公云:“常调官好做,家常饭好吃。”余谓人能甘于吃家常饭,然后甘于做常调官。

天 象

郑注召对浴堂门,彗长三尺;韩琦赐第集英殿,云见五色。君子、小人之进,天象昭昭如此。

官 省 钱

《五代史》：汉王章为三司使，征利剥下。缗钱出入，元以八十为陌，章每出钱，陌必减其三。至今七十七为官省钱者，自章始。然今官府于七十七之中，又除头子钱五文有奇，则愈削于章矣。

民 兵

唐初，萧铣据荆襄，败于李靖，诸郡皆降，而所召援兵至者犹十万人。李煜据江南，其亡也，亦有援兵十数万。本朝靖康之祸，勤王之师至者绝少，纵有之，率皆望风奔溃，不敢向贼发一矢。盖五代以前，兵寓于农，素习战斗，一呼即集。本朝兵费最多，兵力最弱，皆缘官自养兵。绍熙中，张魏公在川陕，奏以王庶帅兴元，制置利、夔两路军士。于兴、洋、金、蓬、开、达诸州，令县选强壮，两丁取一，五丁取二，户与免物力钱二百五十千。五十人为一队，置队长。以知县为军正，尉为军副。月阅于县，春秋阅于郡。不半月，有兵二十万。乾道初，宿亳之役，禁旅多出征，江上之备空虚，陈福公首献民兵之策。及登庸，亟欲推行，会罢相，遂格。然两淮已用其法，而荆、襄尤有成规。开禧用兵，禁旅多败，而两淮山水寨万弩手率有功，特为官军所嫉，无以慰其心、尽其力耳。丙寅，虏大举南牧，围安、襄以撼荆、鄂。宣司檄召诸处兵，与湖北义勇俱往救。诸郡兵不待见敌而溃，所过钞略，甚于戎寇；独义勇随其帅进退，不敢有秋毫犯，盖顾其室家门户故也。张宣公帅荆州，与朱文公书云："郭杲尝献缓急保江之策，某折之曰：'刘信叔、刘共父皆尝有此论，真谬计也。纵贼入肝脾里，何以为国？上付公以北门，当尽力报国，要军要粮，此间当应副，事苟不济，守臣仗节而死尔。'郭闻之悚然。某之所恃者，有义勇二万六千人也。"

文　鉴

孝宗命吕成公铨择国朝文章,成公尽翻三馆之储,逾年成编,赐名《文鉴》。周益公承制撰序云:"建隆、雍熙之际,其文伟;咸平、景德之际,其文博;天圣、明道之词古;熙宁、元祐之词达。虽体制互兴,源流间出,而气全理正,其归则同。"成公为此书,朱文公、张宣公殊不以为然,谓伯恭无意思承当,此事便好截下,因以发明人主之学。昔温公作《资治通鉴》,可谓有补治道,识者尚惜其枉费一生精力,况《文鉴》乎?

辛　幼　安　词

辛幼安《晚春词》云:"更能消几番风雨,匆匆春又归去。惜花长恨花开早,何况乱红无数。春且住。见说道,天涯芳草迷归路。怨春不语。算只有殷勤,画檐蛛网,尽日惹飞絮。　　长门事,准拟佳期又误。娥眉曾有人妒。千金纵买相如赋,脉脉此情谁诉?君莫舞。君不见,玉环飞燕皆尘土。闲愁最苦。休去倚危阑,斜阳正在,烟柳断肠处。"词意殊怨。"斜阳"、"烟柳"之句,其与"未须愁日暮,天际乍轻阴"者异矣!使在汉、唐时,宁不贾种豆种桃之祸哉!愚闻寿皇见此词,颇不悦,然终不加罪,可谓至德也已。其《题江西造口》词云:"郁孤台下清江水,中间多少行人泪。西北是长安,可怜无数山。　　青山遮不住,毕竟东流去。江晚正愁予,山深闻鹧鸪。"盖南渡之初,虏人追隆祐太后御舟至造口,不及而还。幼安自此起兴。"闻鹧鸪"之句,谓恢复之事行不得也。又《寄丘宗卿》词云:"千古江山,英雄无觅,孙仲谋处。舞榭歌台,风流总被,雨打风吹去。斜阳草树,寻常巷陌,人道寄奴曾住。想当年,金戈铁马,气吞万里如虎。　　元嘉草草,封狼居胥,赢得仓皇北顾。四十三年,望中灯火,犹记扬州路。可堪回首,佛狸祠下,一片神鸦社鼓。凭谁问,廉颇老矣,尚能饭不?"此词集中不载,尤隽壮可喜。朱文公云:"辛幼安、陈同甫,若朝廷赏罚明,此等人皆可用。"

大 人

古今称"大人",其义不一。《左氏传》:子服昭子曰:"夫必多有是说,而后及其大人。"《孟子》曰:"有大人之事,有小人之事。"此以位言也,所谓王公大人是也。《孟子》曰:"养其大者为大人。"昌黎《王适墓志》曰:"翁大人不疑。"此以德望言也,所谓大人君子是也。若《易》之"利见大人",则兼德位而言之。今人自称其父曰"大人",然疏受对疏广曰:"从大人议。"则叔父亦可称"大人"。范滂将就诛,与母诀曰:"大人割不忍之爱。"则母亦可称"大人"。

利 市

俗语称"利市",亦有所祖。《左氏传》:郑人盟商人之辞曰:"尔无我叛,我无强贾,尔有利市宝贿,我勿与知。"

诚 斋 谒 紫 岩

杨诚斋为零陵丞,以弟子礼谒张魏公。时公以迁谪故,杜门谢客。南轩为之介绍,数月乃得见。因跪请教,公曰:"元符贵人,腰金纡紫者何限,惟邹至完、陈莹中姓名与日月争光。"诚斋得此语,终身厉清直之操。晚年退休,怅然曰:"吾平生志在批鳞请剑,以忠鲠南迁,幸遇时平主圣。老矣,不获遂所愿矣!"立朝时,论议挺挺,如乞用张浚配享,言朱熹不当与唐仲友同罢,论储君监国,皆天下大事。孝宗尝曰:"杨万里直不中律。"光宗亦曰:"杨万里也有性气。"故其自赞云:"禹曰也有性气,舜云直不中律。自有二圣玉音,不用千秋史笔。"

前 辈 勤 学

胡澹庵见杨龟山,龟山举两肘示之,曰:"吾此肘不离案三十年,
然后于道有进。"张无垢谪横浦,寓城西宝界寺。其寝室有短窗,每日
昧爽,辄执书立窗下,就明而读,如是者十四年。洎北归,窗下石上双
趺之迹隐然,至今犹存。前辈为学勤苦如此。然龟山盖少年事,无垢
乃晚年,尤难也。

仕宦归故乡

欧阳公居永丰县之沙溪,其考崇公葬焉,所谓泷冈阡是也。厥
后奉母郑夫人之丧归合葬,载青州石镌阡表。石绿色,高丈余,光
可鉴,阡近沙山太守庙。襄事祷于庙,祝板犹存,曰:"大事有日,阴
云屡兴,假以三日之晴,则拜神之赐,其敢忘报。"执政得立功德寺,
公素排佛教,雅不欲立寺。崇公讳观,又不可立观,乃立"青阳宫"。
然公自葬郑夫人之后,不复归故乡,其作《吉州学记》云:"幸余他
日,因得归荣故乡。将见吉之士,皆道德明秀,而可为公卿。问于
其俗,而婚丧饮食,皆中礼节。入于其里,而长幼相孝慈于其家;行
于其郊,而少者扶其赢老,壮者代其负荷于道路。然后乐学之道
成,而得时从先生耆老,席于众宾之后,听乡乐之歌,饮献酬之酒,
而以诗颂天子太平之功。周览学舍,思咏李侯之遗爱,不亦美哉!"
虽有此言,而迄不践。乐颍昌山水,作《思颍》诗,退休竟卜居焉。
前辈议其无回首敝庐、息间乔木之意。近时周益公归休,尹直卿以
诗贺之云:"六一先生薄吉州,归田去作颍昌游。我公不向螺江住,
羞杀青原白鹭洲。"

铁 挂 杖

寿皇在宫中,常携一漆挂杖,宦官、宫妾莫能睨视。尝游后苑,偶

忘携焉,特命小黄门取之。二人竭力曳以来,盖精铁也。上方有意中原,故阴自习劳苦如此。

苏 黄 遗 文

东坡赞文与可梅竹石云:"梅寒而秀,竹瘦而寿,石丑而文,是为三益之友。"席子择遭丧,山谷怜其贫,纠合同志者助之,其辞云:"富者不仁,理难共语;仁者不富,势难独成。百足之虫,至死不僵,以扶之者众也。愿与诸君同力振之。"二帖余皆见其真迹,坡、谷集所不载。

池 鸥

太学蕴道斋有小池,忽一鸥飞来,容与甚久。一同舍生题诗云:"朝来池上有斯事,火急报教同舍知:昨夜雨余春水满,白鸥飞下立多时。"读者赏其酝藉。

甲编卷二

大 承 气 汤

周益公参大政，朱文公与刘子澄书云："如今是大承气证，渠却下四君子汤，虽不为害，恐无益于病尔。"呜呼！以乾、淳之盛，文公犹恨当国者不用大承气汤，况下于乾、淳者乎？然历考往圣，如孔子相鲁，而下大承气汤，固是对证；大舜继尧，亦不免下大承气汤。信矣，文公之为名言也。益公初在后省，龙大渊、曾觌除阁门，格其制不下，奉祠而去，十年不用，天下高之。后入直翰林，觌以使事还，除节钺，人谓公必不草制，而公竟草之。其词云："八统驭民，敬故在尊贤之上。"宜其不敢用大承气汤也。

鲁 隐 公 摄

欧阳子曰："隐公非摄也。使隐果摄，则《春秋》不称公；《春秋》称公，则隐公非摄无疑也。"此论未然。《春秋》虽不书隐公居摄，而于两书仲子之事，自隐然可见。夫母以子贵，世俗之情也。使桓不将立，则仲子特一生公子之妾耳，周王何为而归其赗？鲁国何为而考其官？今也归赗而不嫌渎乱之讥，考官而加严事之礼，徒以桓之将为君也。桓将为君，则隐之摄著矣。或曰：隐摄则何以称"公"？东坡曰："周公摄而克复子者也，故不称'王'；隐公摄而不克复子者也，故称'公'。史有谥，国有庙，《春秋》独得不称'公'乎？"此论亦未然。周公之摄也，诰命之际曰"周公曰"、"王若曰"，曷尝自称"王"乎？窃意鲁史旧文，必著隐公摄位之实，去摄而书公，乃仲尼之特笔，一以著隐之不当逊，一以著桓之不当立，二者皆非也。欧公论隐公、赵盾许止事，皆未明《春秋》之旨。《春秋》之所以为《春秋》者，正当微显阐幽，若但直书其事,则夫人能之矣,何为游、夏不能措一辞哉!

奸　富

本富为上,末富次之,奸富为下。今之富者,大抵皆奸富也;而务本之农,皆为仆妾于奸富之家矣。呜呼,悲夫!

货　色

一顾倾城,再顾倾国,色也;大者倾城,下者倾乡,富也。货色之不祥如此哉。

孙　吴

《吴子》之正,《孙子》之奇,兵法尽在是矣。《吴子》似《论语》,《孙子》似《孟子》。

子弟为干官

朱文公《与庆国卓夫人书》云:"五哥岳庙,闻尊意欲为五哥经营干官差遣,某切以为不可。人家子弟多因此坏却心性,盖其生长富贵,本不知艰难,一旦仕宦,便为此官,逐司只有使长一人可相拘辖,又多宽厚长者,不欲以法度见绳。上无职事了办之责,下无吏民窃伺之忧。而州县守令,势反出己下,可以陵轹。故后生子弟为此官者,无不傲慢纵恣,触事懵然。愚意以为可且为营一稍在人下职事、吃人打骂差遣,乃所以成就之。若必欲与求干官,乃是置之有过之地,误其终身。"前辈爱人以德,至于如此!卓夫人乃少傅刘公子羽之妃,枢密共父之母,五哥即平甫,朱与刘盖姻娅。初,文公之父韦斋疾革,手自为书,以家事属少傅。韦斋殁,文公年十四,少傅为筑室于其里,俾奉母居焉。少傅手书与白水刘致中云:"于绯溪得屋五间,器用完备。

又于七仓前得地,可以树,有圃可蔬,有池可鱼。朱家人口不多,可以居。"文公视卓夫人犹母云。

箪　子

《五代史》:汉王章不喜文士,常语人曰:"此辈与一把算子,未知颠倒,何益于国!"算子,本俗语,欧公据其言书之,殊有古意。温公《通鉴》改作"授之握算,不知纵横",不如欧《史》矣。

农　圃　渔　樵

农圃家风,渔樵乐事,唐人绝句模写精矣。余摘十首题壁间,每菜羹豆饭饱后,啜苦茗一杯,偃卧松窗竹榻间,令儿童吟诵数过,自谓胜如吹竹弹丝。今记于此:韩偓云:"闻说经旬不启关,药窗谁伴醉开颜。夜来雪压前村竹,剩看溪南几尺山。"又云:"万里清江万里天,一村桑柘一村烟。渔翁醉著无人唤,过午醒来雪满船。"长孙佐辅云:"独访山家歇还涉,茅屋斜连隔松叶。主人闻语未开门,绕篱野菜飞黄蝶。"薛能云:"邵平瓜地接吾庐,谷雨干时偶自锄。昨日春风欺不在,就床吹落读残书。"韦庄云:"南邻酒熟爱相招,蘸甲倾来绿满瓢。一醉不知三日事,任他童稚作渔樵。"杜荀鹤云:"山雨溪风卷钓丝,瓦瓯篷底独斟时。醉来睡著无人唤,流下前滩也不知。"陆龟蒙云:"雨后沙虚古岸崩,渔梁携入乱云层。归时月落汀洲暗,认得山妻结网灯。"郑谷云:"白头波上白头翁,家逐船移浦浦风。一尺鲈鱼新钓得,儿孙吹火荻花中。"李商隐云:"城郭休过识者稀,哀猿啼处有柴扉。沧江白石渔樵路,薄暮归来雨湿衣。"张演云:"鹅湖山下稻粱肥,豚栅鸡栖对掩扉。桑柘影斜秋社散,家家扶得醉人归。"

柳　诗

唐人柳诗云:"水边杨柳绿烟丝,立马烦君折一枝。惟有春风最相惜，殷勤更向手中吹。"朱文公每喜诵之，取其兴也。

进　青　鱼

宋文帝时，司徒义康颛总朝权，西方馈遗，皆以上品荐义康，而以次品供御。上尝冬月啖柑，叹其形味并劣，义康曰："今年柑殊有佳者。"遣人还东府取柑，大供御者三寸。上寖不能平，义康旋以罪废。唐代宗谓李泌曰："路嗣恭献琉璃盘九寸，乃以径尺者遗元载，须其至议之。"赖泌一言，嗣恭免罪，而元载竟诛。吕许公不肯多进淮白鱼，盖惩此也。秦桧之夫人常入禁中，显仁太后言："近日子鱼大者绝少。"夫人对曰："妾家有之，当以百尾进。"归告桧，桧咎其失言，与其馆客谋，进青鱼百尾。显仁拊掌笑曰："我道这婆子村，果然！"盖青鱼似子鱼而非，特差大耳。观此，贼桧之奸可见。

郎　当　曲

魏鹤山《天宝遗事》诗云："红锦绷盛河北贼，紫金盏酌寿王妃。弄成晚岁郎当曲，正是三郎快活时。"俗所谓"快活三郎"者，即明皇也。小说载：明皇自蜀还京，以驼马载珍玩自随。明皇闻驼马所带铃声，谓黄幡绰曰："铃声颇似人言语。"幡绰对曰："似言'三郎郎当、三郎郎当'也。"明皇愧且笑。

刘锜赠官制

逆亮窥江，刘锜已病，亦同扞御。未几，亮殂，锜亦殂，特赠太尉。周益公行词云："岑彭殒而公孙亡，诸葛死而仲达走。虽成功有命，皆莫究于生前，而遗烈在人，可徐观于身后。"读者服其的切。益公常举似谓杨伯子曰："起头两句，须要下四字议论承贴，四六特拘对耳，其立意措词贵于浑融有味，与散文同。"

庐 州 之 变

绍兴中,刘光世在淮西,军无纪律。张魏公为都督,奏罢之,命参谋吕祉往庐州节制。光世颇得军心,祉,儒者,不知变,绳束顿严,诸军忿怨。统制郦琼率众缚祉,渡淮归刘豫。魏公方宴僚佐,报忽至,满座失色。公色不变,徐曰:"此有说,第恐虏觉耳。"因乐饮至夜分,乃为蜡书,遣死士持遗琼,言:"事可成,成之;不可,速全军以归。"虏得书,疑琼,分隶其众,困苦之,边赖以安。南轩言:"符离之役,诸军皆溃,唯存帐下千人。某终夕彷徨,而先公方熟寝,鼻息如雷。先公心法,如何可学?"

无 极 太 极

游诚之,南轩高弟,常言:"《易》有太极,而周子加以无极,何也?试即吾心验之,方其寂然无思,万善未发,是无极也。虽云未发,而此心昭然,灵源不昧,是太极也。"闻者服其简明。其诗亦可爱,如"春风未肯催桃李,留得疏篱浅淡香","平生意思春风里,信手题诗不用工","闲处漫游当世事,静中方识古人心",皆有味。

薛 客

齐封田婴于薛,号靖郭君,专齐之权。常欲城薛,客谓曰:"君不闻海大鱼乎?网不能止,钩不能牵,荡而失水,则蝼蚁制焉。今齐亦君之水也。君长有齐,奚以薛为?苟有失齐,虽隆薛之城至于天,庸足恃乎?"乃不果城。董卓积金帛于郿坞,曰:"事成,雄据天下;事不成,守此坞足矣。"人之智愚相远乃如此。

能 言 鹦 鹉

上蔡先生云："透得名利关，方是小歇处。今之士大夫何足道，真能言之鹦鹉也。"朱文公曰："今时秀才，教他说廉，直是会说廉；教他说义，直是会说义；及到做来，只是不廉不义。"此即"能言鹦鹉"也。夫下以言语为学，上以言语为治，世道之所以日降也，而或者见能言之鹦鹉，乃指为凤凰、鹭鸶，惟恐其不在灵囿间，不亦异乎？

贺 雪 表

黄伯庸代宰相贺雪表云："招来众彦，无昼卧洛阳之人；激励三军，有夜入蔡州之志。"词意壮切，真宰相事也。李公甫表云："汉使啮毡，未必得匈奴之要领；楚军挟纩，惟当坚祈父之爪牙。"语虽巧，颇牵强。

汉 宫 诗

唐李商隐《汉宫》诗云："青雀西飞竟未回，君王犹在集灵台。侍臣最有相如渴，不赐金茎露一杯。"讥武帝求仙也。言青雀杳然不回，神仙无可致之理必矣。而君王未悟，犹徘徊台上，庶几见之，且胡不以一物验其真妄乎？金盘盛露，和以玉屑，服之可以长生，此方士之说也。今侍臣相如正苦消渴，何不以一杯赐之。若服之而愈，则方士之说犹可信也；不然，则其妄明矣。二十八字之间，委蛇曲折，含不尽之意。

夜 绩

《汉·食货志》云："冬，民既入，妇人相从夜绩，女工一月得四十五日。"注谓每日又得半夜，为四十五日也。然则农之宵尔索绹，儒之短檠夜诵,岂可少哉？胡澹庵书遗从子维宁曰:"古之君子,学欲其日益,善欲其日加,德欲其日起,身欲其日省,体欲其日强,行欲其日见,心欲其日休,道欲其日章,以为未也。"又曰:"日知其所亡,见其所不见,一日不使其穷俯焉。其爱日如是,足矣。犹以为未也,必时习焉,无一时不习也;必时敏焉,无一时不敏也;必时术焉,无一时不术也;必时中焉,无一时不中也。其竞时如是,可以已矣。犹以为未也,则曰:夜者,日之余也,吾必继晷焉,灯必亲,薪必然,膏必焚,烛必秉,蜡必濡,萤必照,月必带,雪必映,光必隙,明必借,暗则记。呜呼！如此,极矣。然而君子人曰:终夜不寝,必如孔子;鸡鸣而起,必如大舜;坐以待旦,必如周公。然则何时而已耶？范宁曰:'君子之为学也,没身而已矣。'"

狐裘障泥

晏子一狐裘三十年,长孙道生一熊皮障泥数十年,盖贵而能俭。若渊明"十年著一冠",则言其贫也。

心　脉

敖器之善察脉,常言:"心脉要细、紧、洪。备此三者,大贵大贤也。"赵季仁举以谓余曰:"此非论脉,乃是论学。"余曰:"小心翼翼,细也;务时敏,紧也;有容乃大,洪也。"季仁曰:"正是如此。"

吾 翁 若 翁

汉高祖谓项羽曰:"吾翁即若翁。"此语理意甚长。《左氏传》:齐败于鞍,晋人欲以萧同叔子为质,齐人曰:"萧同叔子者非他,寡君之母也。若以匹敌,则亦晋君之母也。"《孟子》曰:"杀人之父者,人亦杀其父。然则非自杀之,一间耳。"高祖之语与此暗合。史谓不修文学而性明达,此类是也。项羽迄不杀太公,有感于斯言矣。乃知鸷猛之人,胸中未尝无天理,特在于有以发之耳。

吕惠卿表

"九金聚粹,共图魑魅之形;孤剑埋光,尚负斗牛之气。"此吕惠卿表也。邪人指正人为邪如此,人主于何而辨之?

世事翻覆

卫青少服役平阳公主家,后为大将军,贵显震天下。公主欲离择配,左右以为无如大将军,公主曰:"此我家马前奴也,不可。"已而遍择群臣,贵显无逾大将军者,迄归大将军。丁晋公起甲第,钜丽无比。军卒杨呆宗躬负土之役,劳苦万状。后呆宗以外戚起家,晋公得罪贬海上,朝廷以其第赐呆宗,居之三十年。世事翻覆,何所不有。杨诚斋诗云:"君不见河阳花,今如泥土昔如霞。又不见武昌柳,春作金丝秋作帚。人生马耳射东风,柳色桃花却长久。秦时东陵千户侯,华虫被体腰苍璆。汉初沛邑刀笔吏,折腰如磬头抢地。萧相厮初谒邵平,中廷百拜百不应。邵平后来谒萧相,故侯一拜一惆怅。万事反覆何所无,二子岂是大丈夫!穷通流坎皆偶尔,抟扶未必贤抢揄。华胥别是一天地,醉乡何尝有生死。侬欲与君归去来,千愁万恨付一杯。"

二 苏

朱文公云:"二苏以精深敏妙之文,煽倾危变幻之习。"又云:"早拾苏张之绪余,晚醉佛老之糟粕。"余谓此文公二十八字弹文也。自程、苏相攻,其徒各右其师。孝宗最重大苏之文,御制序赞,特赠太师,学者翕然诵读,所谓"人传元祐之学,家有眉山之书",盖纪实也。文公每与其徒言:苏氏之学,坏人心术,学校尤宜禁绝。编《楚辞后语》,坡公诸赋皆不取,惟收《胡麻赋》,以其文类《橘颂》。编《名臣言行录》,于坡公议论所取甚少。

了翁孙女

陈了翁日与家人会食，男女各为一席。食已，必举一话头，令家人答。一日，问曰："并坐不横肱，何也？"其孙女方七岁，答曰："恐妨同坐者。"

达　贤　录

魏鹤山云："某尝以吕文穆《夹袋册》、韩忠献《甲乙丙丁集》、吕正献《掌记》、曾宣靖《雌黄公议》、司马公《荐士编》、陈密《学章藁》、范文献《手记》、近世虞忠肃《翘材馆录》之类，粹为一编，名《达贤录》，亦使士大夫识得行己用世规模，须是推诚心，布公道，集谋虑，广忠益，不惟资人辅己，济一旦之用。往往居德养才，流风所被，薰习演迤，逮乎数世，乃是先知先觉职分当然。"鹤山此论，可谓任重道远。然荐士非难，识士为难。卞和之识玉，九方皋之识马，此岂有法之可传哉！若识鉴未至，徒以偏驳锢滞之意见，称量摸索，其不为王荆公者几希。荆公尝曰："当今可望者，惟吕惠卿一人。"又曰："章子厚才极高，但为流俗所毁耳。"呜呼！《翘材》之所延，《夹袋》之所载，使尽如荆公之选抡，则是蛇虺之渊、虎狼之薮也，其流毒可胜道哉！故量足以容君子，识足以辨小人，可以为大臣矣。

大　算　数

有日者谒黄直卿，云善算星数，知人祸福。直卿曰："吾亦有个大算数，《书》曰：'惠迪吉，从逆凶。作善，降之百祥；作不善，降之百殃。'《大学》曰：'言悖而出者，亦悖而入；货悖而入者，亦悖而出。'此个数，亘古今不差，岂不优于子之算数乎？"

论　菜

真西山论菜云:"百姓不可一日有此色,士大夫不可一日不知此味。"余谓百姓之有此色,正缘士大夫不知此味。若自一命以上至于公卿,皆得咬菜根之人,则当必知其职分之所在矣,百姓何愁无饭吃。

晚　学

高适五十始为诗,为少陵所推。老苏三十始读书,为欧公所许。功深力到,无早晚也。圣贤之学亦然。东坡诗云:"贫家净扫地,贫女巧梳头。下士晚闻道,聊以拙自修。"朱文公每借此句作话头,接引穷乡晚学之士。

九　日　诗

徐渊子《九日》诗云:"衰容不似秋容好,坐上谁怜老孟嘉?牢裹乌纱莫吹却,免教白发见黄花。"时一朝士和云:"呼儿为我整乌纱,不是无心学孟嘉。要摘金英满头插,明朝还是过时花。"二诗兴致皆佳,未易优劣。

好　人　好　事

豫章旅邸,有题十二字云:"愿天常生善人,愿人常做好事。"邹景孟表而出之,以为奇语。吾乡前辈彭执中云:"住世一日,则做一日好人;居官一日,则做一日好事。"亦名言也。

盗　贼　脱　身

自古盗贼如黄巢、侬智高,败绩之后,皆能脱身自免。巢髡发为僧，题诗自赞，有"铁衣著尽著僧衣"之句；智高败后，惟金龙衣在，或谓入海，或谓奔大理国。淳熙间，江湖茶商相挺为盗，推荆南茶驵赖文政为首。文政多智，年已六十，不从，曰："天子无失德，天下无他衅，将以何为？"群凶不听，以刃胁之，黾勉而从。文政知事必不集，阴求貌类己者一人，曰刘四，以煎油糍为业，使执役左右。辛幼安为江西宪，亲提死士与之角。困屈请降，文政先与渠魁数人来见，约日束兵。既退，谓其徒曰："辛提刑瞻视不常，必将杀我。"欲遁去，其徒不可。则曰："宁断吾首以降，死先后不过数日耳。"其徒又不忍，乃斩刘四之首，使伪为己首以出，而文政竟遁去。官军迄不知其首级之伪也。

制　词　失　体

嘉定间，加史丞相实封，制云："天欲治，舍我谁也，负孟轲济世之才；民不被，若己推之，挺伊尹佐王之略。"用经句而帖妥，然过谀失体。勋德如韩魏公，荆公草加官制，不过曰："保兹天子，进无浮实之名；正是国人，退有顾言之行。"或谓荆公素不满于魏公，故无甚褒之词，非也，王言之体当然耳。

甲编卷三

庆 元 侍 讲

庆元初,赵子直当国,召朱文公为侍讲,文公欣然而至,积诚感悟,且编次讲义以进。宁宗喜,令点句以来,他日请问,上曰:"宫中常读之,大要在求放心耳。"公因益推明其说,曰:"陛下既知学问之要,愿勉强而力行之。"退谓其徒曰:"上可与为善,若常得贤者辅导,天下有望矣。"然是时韩侂胄自谓有夹日之功,已居中用事。公因进对面谏,又约吏部侍郎彭子寿请对,面发其奸;且以书白赵丞相,云"当以厚赏酬其劳,勿使干预朝政"。侂胄于是谋逐公。忽一日,御批云:"朕闵卿耆老,当此隆冬,难立讲,已除卿宫观。"内侍王德谦径遣付下,宰相执奏,台谏给舍争留,皆不从。时子寿出护使客,回则公已去矣,即上章攻侂胄,云:"昔元符间,向宗良兄弟止缘交通宾客,漏泄机密,陈瓘抗章劾之,谓'自古戚里侵权,便为衰世之象;外家干政,即是亡国之本。亦如州县之政,只要权出守令,若子弟亲戚交通关节,则奸人鼓舞,良民怨咨'。如瓘此言,不可不察。今侂胄所为,不止如宗良,而朝无陈瓘,莫能出力排之。在太上皇朝,始用姜特立,大臣尚能逐之使去;后用袁佐,谏官尚能论之使惧。不意陛下初政清明,有臣如此,乃无一人敢出一语,则其声势可知矣。"上甚嘉纳,谓宰相曰:"侂胄是朕亲戚,龟年是朕旧学,极是难处。"宰相进两留之说,且谓龟年性刚,乞宣谕留之。上曰:"此人质直,兼是随龙旧僚,四人两人罢,一人忧去,只有龟年有事肯来说。如此区处甚好。"其晚忽降省札,直批彭龟年予郡,宰相亦不知也,自是众君子皆逐矣。上始初虽为侂胄所误,然三十一年敬仁勤俭如一日。天文示变,斋心露祷;禁中酒器,以锡代银。上元夜尝荧烛清坐,小黄门奏曰:"官家何不开燕?"上愀然曰:"尔何知! 外间百姓无饭吃,朕饮酒何安?"尝幸聚景园,晚归,都人观者争入门,蹂践有死者。上闻之深悔,自是不复出。文公格心之效,终不可泯。陈正甫草保安赦文云:"朕寅畏以保邦,严恭而事帝。虽不明不敏,有惭四海望治之心;然无怠无荒,未始纵一毫从己之欲。"真能写出宁宗心事。天下诵之。

生　成　吹　嘘

杜陵诗云:"桑麻深雨露,燕雀半生成。"后山诗云:"辍耕扶日月,起废极吹嘘。"或谓虚实不类。殊不知"生"为"造","成"为"化","吹"为"阴","嘘"为"阳",气势力量,与"日月"字正相配也。

齐　秦　客

观李斯《逐客》之书,则秦固以客兴;观齐人《松柏》之歌,则齐人又以客亡。客何所不有哉? 在吾所择耳。子思、孟轲、荀卿、子顺,亦当时之客也,如时君之不用何? 用之,则秦之客又何足道!

畏　　说

先君竹谷老人,早登庆元诸老之门,晚年以其所自得者著《畏说》一篇,其词曰:"大凡人心不可不知所畏,畏心之存亡,善恶之所由分,君子小人之所由判也。是以古之君子,内则畏父母、畏尊长,《诗》云'岂敢爱之,畏我父母',又曰'岂敢爱之,畏我诸兄'是也。外则畏师友,古语云'凛乎若严师之在侧',逸《诗》曰'岂不欲往,畏我友朋'是也。仰则畏天,俯则畏人,《诗》曰'胡不相畏,不畏于天',又曰'岂敢爱之,畏人之多言'是也。夫惟心有所畏,故非礼不敢为,非义不敢动。一念有愧,则心为之震悼;一事有差,则颜为之忸怩。战兢自持,日寡其过,而不自知其入于君子之域矣。苟惟内不畏父母、尊长之严,外不畏朋侪、师友之议,仰不畏天,俯不畏人,猖狂妄行,恣其所欲,吾惧其不日而为小人之归也。由是而之,习以成性,居官则不畏三尺,任职则不畏简书,攫金则不畏市人。吁!士而至此,不可以为士矣,仲尼所谓小人之无忌惮者矣。夫人之所以必畏乎彼者,非为彼计也,盖将以防吾心之纵,而自律乎吾身也。是故以天子之尊,且有所畏,《诗》曰'我其夙夜,畏天之威',《书》曰'成王畏相',孰谓士大夫而可不知所畏乎!以圣贤之聪明,且有所畏,《鲁论》曰:'君子有三畏:畏天命、畏大人、畏圣人之言。'孰谓学者而可不知所畏乎!然则畏之时义大矣哉!余每以此自警,且以效切磋于朋友云。"先君此说出,一时流辈潜心理学者咸以为不可易。余同年欧阳景颜跋云:"造道必有门,伊、洛先觉,以持敬为造道之门,至矣,尽矣。盖敬,德之聚也。此心才敬,万理森列;此身才敬,四体端固。繇勉强至成熟,此心此身敛然法度中,可以为人矣。然世之作伪假真者,往往窃持敬之名,盖不肖之实,内虽茬,而色若厉焉;行无防检,而步趋若安徐焉。识者病之,至有效前辈打破敬字以为讪侮者,又有以高视阔步,幅巾大袖,而乞加惩绝者。一世杰立之士,欲哀救之而志不能遂。近世叶水心作《敬亭后记》,至不以张思叔之言为然,谓敬为学者之终事,仆深疑焉。近因校文至澧阳,谒竹谷罗先生,以所著《畏说》见教,仆醒然若有所悟。呜呼!畏即敬也。使人知畏父母,畏尊长,畏天命,畏师友,畏公论,一如先生所言,欲不敬,得乎?每事有所持循而畏,则其敬也,莫非体察在己实事,见面盎背,临渊履冰,以伪自盖者,能之乎?高视阔步,幅巾大袖,假声音笑貌以为敬,求之于父母、兄长、师友之间,多可憾焉,人其以敬许之乎!盖先生以实而求敬,故其敬不可伪;世人以虚而求敬,故其敬或可假。是说也,羽翼吾道,其功岂浅浅哉!至此,则敬不可伪为,而攻持敬者当自思矣。"

劝 行 乐 表

绍熙甲寅,太学诸生拟《劝行乐表》云:"周公欺我,愿焚《酒诰》于通衢;孔子空言,请束《孝经》于高阁。"以劝为讽,字字有来历。

秀 州 刺 客

苗、刘之乱，张魏公在秀州，议举勤王之师。一夕独坐，从者皆寝，忽一人持刃立烛后。公知为刺客，徐问曰："岂非苗傅、刘正彦遣汝来杀我乎？"曰："然。"公曰："若是，则取吾首以去可也。"曰："我亦知书，宁肯为贼用？况公忠义如此，岂忍加害！恐公防闲不严，有继至者，故来相告尔。"公问："欲金帛乎？"笑曰："杀公何患无财！""然则留事我乎？"曰："我有老母在河北，未可留也。"问其姓名，俯而不答，摄衣跃而登屋，屋瓦无声。时方月明，去如飞。明日，公命取死囚斩之，曰："夜来获奸细。"公后尝于河北物色之，不可得。此又贤于钽麑矣。孰为世间无奇男子乎？殆是唐剑客之流也。

南 轩 六 诗

张宣公《题南城》云："坡头望西山，秋意已如许。云影度江来，霏霏半空雨。"《东渚》云："团团凌风桂，宛在水之东。月色穿林影，却下碧波中。"《丽泽》云："长哦《伐木》诗，伫立以望子。日暮飞鸟归，门前长春水。"《濯清》云："芙蓉岂不好，濯濯清涟漪。采去不盈把，惆怅暮忘饥。"《西屿》云："系舟西岸边，幅巾自来去。岛屿花木深，蝉鸣不知处。"《采菱舟》云："散策下亭舸，水清鱼可数。却上采菱舟，乘风过南浦。"六诗闲淡简远，德人之言也。

族 谱 引

陶渊明《赠长沙公族祖》云："同源分派，人易世疏。慨然寤叹，念兹厥初。"老苏《族谱引》云："服始于衰，而至于缌，而至于无服。无服则亲尽，亲尽则情尽。情尽则喜不庆、忧不吊。喜不庆、忧不吊，则涂人也。吾所与相视如涂人者，其初兄弟也。兄弟其初，一人之身也。悲夫！"正渊明诗意。诗字少意多，尤可涵泳。

幸　不　幸

胡澹庵乞斩秦桧得贬,卢溪先生王廷珪,字民瞻,以诗送之曰:"痴儿不了公家事,男子要为天下奇。"亦贬辰阳。太府寺丞陈刚中,字彦柔,以启贺之云:"屈膝请和,知庙堂御侮之无策;张胆论事,喜枢庭经远之有人。身为南海之行,名若泰山之重。"又云:"谁能屈大丈夫之志,宁忍为小朝廷之谋!知无不言,愿请尚方之剑;不遇故去,聊乘下泽之车。"亦贬安远宰。卢溪晚年,孝宗召赴阙,除直秘阁,一子扶掖上殿,亦予官,寿逾九十。寺丞竟死安远,无子,其妻削发为尼。幸不幸之不同如此。吉州吉水县江滨有石材庙,隆祐太后避虏,御舟泊庙下。一夕,梦神告曰:"速行,虏至矣。"太后惊寤,即命发舟指章贡。虏果蹑其后,追至造口,不及而还。事定,特封庙神刚应侯。寺丞南行,题诗庙柱云:"疏爵新刚应,论功旧石材。能形文母梦,还讶佞人来。"《左氏传》"佞人来矣",正谓逐客。事见《六一集》。"海市为谁出,衡云岂自开?乞灵如见告,逐客几时回。"卒不如其愿,悲夫!

德　行　科

杨诚斋初欲习宏词科,南轩曰:"此何足惜,盍相与趋圣门德行科乎?"诚斋大悟,不复习,作《千虑策》,论词科可罢,曰:"孟献子有友五人,孟子已忘其三。周室去班爵之籍,孟子已不能道其详,孟子亦安能中今之词科哉!"晚年作诗示儿云:"素王开国道无臣,一榜春风放十人。莫羡榜头年十八,旧春过了有新春。"

记　梦　诗

昌黎《记梦》诗末句云:"我宁屈曲自世间,安能从汝巢神山!"朱文公定"宁"字作"能"字,谓神仙亦且护短凭愚,则与凡人意态不殊矣。我若能屈曲诣媚,自在世间可也,安用巢神仙以从汝哉! 正柳下惠"枉道而事人,何必去父母之邦"之意。只一字之差,意味天渊复别。

忍　　事

张耳、陈馀,魏之名士。秦闻此两人名,购求张耳千金,陈馀五百金。二人变名姓之陈,为里监门。里吏尝笞馀,馀欲起,耳蹑之,使受笞。吏去,耳引馀之桑下,数之曰:"始吾与公言何如?今见小辱而欲死一吏乎?"耳之见,过馀远矣。馀卒败死泜水上,而耳事汉,富贵寿考,福流子孙,非偶然也。大智大勇,必能忍小耻小忿。彼其云蒸龙变,欲有所会,岂与琐琐者校乎!东坡论子房,颍滨论刘、项,专说一"忍"字。张公艺九世同居,亦只是得此一字之力。杜牧之云:"包羞忍耻是男儿。"

五 教 三 纲

舜命契敷五教,孟子以为君臣、父子、夫妇、兄弟、朋友是也。《左氏传》:晏子曰:"君令臣共,父慈子孝,兄爱弟敬,夫和妻柔,姑慈妇听。"去"朋友"而言"妇姑"。又曰:"君令而不违,臣共而不贰,父慈而教,子孝而箴,兄爱而友,弟敬而顺,夫和而义,妻柔而正,姑慈而从,妇听而婉。"五者之中,唯兄弟、妇姑专主于和顺,至于君,虽得以令臣,不可违于理而妄作。臣虽所以共君,而不可贰于道而曲从。父慈其子,必教以义方。子孝其父,必箴其阙失。夫以和倡妇,尤当制之以义。妻以柔从夫,尤当自守以正。盖三者乃三纲也,所系尤重。故于睦雍敬爱之中,必有检方规正之道,庶几各尽其分,而三纲立矣。

二 罪 人

国家一统之业,其合而遂裂者,王安石之罪也。其裂而不复合者,秦桧之罪也。渡江以前,王安石之说浸渍士大夫之肺肠,不可得而洗涤。渡江以后，秦桧之说沦浃士大夫之骨髓，不可得而针砭。

利　　害

朝廷一有计较利害之心，便非王道；士大夫一有计较利害之心，便非儒学。绍兴间，张登为尤溪宰。视事之日，请邑之耆老人士相见，首问“天”字以何字对，皆曰“地”；又问“日”字以何字对，皆曰“月”；又问“利”字以何字对，皆曰“害”。张曰：“误矣！人只知以‘利’对‘害’，便只管要寻利去；人人寻利，其间多少事！‘利’字只当以‘义’字对。”因详言“义”、“利”之辩，一揖而退。

物　无　小

豺能杀虎，鼠可害象。一夫足以胜禹，三户可以亡秦。

范　雎　蔡　泽

范雎、蔡泽皆辨士，太史公以之连传。然雎倾危，泽明坦。雎幽险诡秘，危人骨肉，全是小人意态。泽方入关，便宣言欲代雎。至其所以告雎者，皆消息盈虚之正理，雎必俟泽反覆以祸福晓之，乃肯释位。泽为秦相，数月即告老，为客卿以终。进退雍容，过雎远甚。虽然后之君子固权吝宠，如狡兔之专窟，如猩猩之嗜酒，老死而不知止，受祸而不之觉者，是又在范雎下矣。

江　月　句

孟浩然诗曰：“江清月近人。”杜陵云：“江月去人只数尺。”子美视浩然为前辈，岂祖述而敷衍之耶？浩然之句浑涵，子美之句精工。

建　茶

陆羽《茶经》，裴汶《茶述》，皆不载建品。唐末，然后北苑出焉。我朝开宝间，始命造龙团，以别庶品。厥后丁晋公漕闽，乃载之《茶录》。蔡忠惠又造小龙团以进。东坡诗云："武夷溪边粟粒芽，前丁后蔡相笼加。吾君所乏岂此物，致养口体何陋耶！"茶之为物，涤昏雪滞，于务学勤政未必无助。其与进荔枝、桃花者不同，然充类至义，则亦宦官、宫妾之爱君也。忠惠直道高名，与范、欧相亚，而进茶一事乃侪晋公。君子之举措，可不谨哉！

救　荒

皇祐间，吴中大饥。范文正公领浙西，乃纵民竞渡，与僚佐日出燕湖上，谕诸寺以荒岁价廉，可大兴土木。于是诸寺工作鼎新。又新仓厩吏舍，日役千夫。监司劾奏杭州不恤荒政，游宴兴作，伤财劳民。公乃条奏所以如此，正欲发有余之财，以惠贫者，使工技佣力之人皆得仰食于公私，不至转徙填壑。荒政之施，莫此为大。是岁，惟杭饥而不害。近时莆阳一寺，规建大塔，工费巨万。或告侍郎陈正仲曰："当此荒岁，寺僧剥敛民财，兴无益之土木。公为此邦之望，盍白郡禁止之。"正仲笑曰："子过矣！建塔之役，寺僧能自为之乎？莫非佣此邦之人为之也。敛之于富厚之家，散之于贫窭之辈，是小民藉此以得食，而赢得一塔耳。当此荒岁，惟恐僧之不为塔也，子乃欲禁之乎？"

苏　白

东坡希慕乐天，其诗曰："应是香山老居士，世缘终浅道根深。"然乐天酖藉，东坡超迈，正自不同。魏鹤山诗云："瀼浦猿啼杜宇悲，琵琶弹泪送人归。谁言苏白能相似，试看风帆赤壁矶。"此论得之矣。

于 宝

杨诚斋在馆中,与同舍谈及晋于宝,一吏进曰:"乃干宝,非于也。"问何以知之,吏取韵书以呈,"干"字下注云:"晋用干宝。"诚斋大喜曰:"汝乃吾一字之师。"

帷 帐

绍兴省试《高祖能用三杰赋》。一卷文甚奇,而第四韵押"运筹帷帐",考官以《汉书》乃"帷幄",非"帐"字,不敢取。出院,以语周益公,公曰:"有司误也。《史记》正是'帷帐',《汉书》乃作'幄'。"

字 义

寿皇问王季海曰:"'聋'字何以从'龙'、'耳'?"对曰:"《山海经》云:'龙听以角,不以耳。'"荆公解"蔗"字,不得其义。一日行圃,见畦丁莳蔗横瘗之,曰:"他时节节皆生。"公悟曰:"蔗,草之庶生者也。"字义固有可得而解者,如一而大谓之"天",是诚妙矣。然不可强通者甚多。世传东坡问荆公:"何以谓之'波'?"曰:"水之皮。"坡曰:"然则滑者,水之骨也?"荆公《字说》成,以为可亚《六经》,作诗云:"鼎湖龙去字书存,开辟神机有圣孙。湖海老臣无四目,漫将糟粕污修门。正名百物自轩辕,野老何知强讨论。但可与人漫酱瓿,岂能令鬼哭黄昏。"盖苍颉四目,其制字成,天雨粟,鬼夜哭。"漫瓿"之句,言知者少也。

前 辈 志 节

胡忠简公为举子时,值建炎之乱,团结丁壮,以保乡井。隆祐太后幸章贡,虏兵追至,庐陵太守杨渊弃城走。公所居曰芗城,距城四十里,乃自领民兵入城固守。市井恶少乘间欲攘乱,斩数人乃定。张榜责杨渊弃城之罪，募人收捕。渊惧，自归隆祐。隆祐赦之，降敕书谕胡铨。事定，新太守来，疑公有他志，不敢入城。公笑曰："吾保乡井耳，岂有他哉！"即散遣民兵，徒步归芗城。杨忠襄公少处郡庠，足不涉茶坊酒肆。同舍欲坏其守，拉之出饮，托言朋友家，实娼馆也。公初不疑，酒数行，娼艳妆而出。公愕然，疾趋而归，解其衣冠焚之，流涕自责。人徒见忠简以一编修官乞斩秦桧，甘心流窜，忠襄以金陵一倅唾骂兀术，视死如归，岂知其自为布衣时，所立已卓然矣。

诗 勉 邑 宰

王梅溪守泉，会邑宰，勉以诗云："九重天子爱民深，令尹宜怀恻隐心。今日黄堂一杯酒，使君端为庶民斟。"邑宰皆感动。真西山帅长沙，宴十二邑宰于湘江亭，作诗曰："从来官吏与斯民，本是同胞一体亲。既以脂膏供尔禄，须知痛痒切吾身。此邦素号唐朝古，我辈当如汉吏循。今日湘亭一杯酒，便烦散作十分春。"盖祖述梅溪而敷衍之。

常 平

惠民之法，莫善于常平。司马温公云："此三代圣人之法，非李悝、耿寿昌所能为也。"陈止斋曰："《周礼》以年之上下出敛法。盖年下则出，恐谷贵伤民也；年上则敛，恐谷贱伤农也。即常平之法矣。"《孟子》曰："狗彘食人食而不知检，涂有饿莩而不知发。""检"字一本作"敛"，盖狗彘食人食，粒米狼戾之岁也，法当敛之；涂有饿莩，凶岁也，法当发之。由此而言，三代之时，无常平之名，而有常平之政，特废于衰周耳，真非耿、李所能耳。

简 易

郭仲晦谓刘信叔曰："处事当以简易，何则？简以制繁，易以制难，便不费力。乾坤之大，所以使万物由其宰制者，不过此二字，况于人乎！"仲晦此论，可谓洞见天地万物之理。且以用兵言之，韩信多多益办，只是一"简"字；狄武襄夜半破昆仑关，只是一"易"字。

大 乾 梦

廖德明，字子晦，朱文公高弟也。少时谒梦大乾，梦怀刺候谒庙庑下，谒者索刺，出诸袖，视其题字云"宣教郎廖某"，遂觉。后登第，改秩，以宣教郎宰闽。请迓者及门，思前梦，恐官止此，不欲行。亲朋交相勉，乃质之文公。公曰："待徐思之。"一夕，忽叩门曰："得之矣。"因指案上物曰："人与器物不同，如笔止能为笔，不能为砚；剑止能为剑，不能为琴；故其成毁久速，有一定不易之数。惟人则不然，虚灵知觉，万理兼该，固有朝为跖而暮为舜者。故其吉凶祸福亦随之而变，难以一定言。今子赴官，但当充广德性，力行好事，前梦不足芥蒂。"子晦拜而受教。后把麾持节，官至正郎。

甲编卷四

词　科

　　嘉定间，当国者惮真西山刚正，遂谓词科人每挟文章科目以轻朝廷，自后，词科不取人。虽以徐子仪之文，亦以巫咸一字之误而出之，由是无复习者。内外制，唯稍能四六者即入选。殊不知制诰诏令贵于典重温雅、深厚恻怛，与寻常四六不同。今以寻常四六手为之，往往褒称过实，或似启事谀词，雕刻求工，又如宾筵乐语，失王言之体矣。胡卫、卢祖皋在翰苑，草明堂赦文云"江淮尽扫于胡尘"，太学诸生嘲之曰："胡尘已被江淮扫，却道江淮尽扫于。"又曰："传语胡卢两学士，不如依样画胡卢。"端平初，患代言乏人，乃略更其制，出题明注出何书，仍许上请，中选者堂除教官。然名实既轻，习者亦少。昔孝宗朝，议者欲科举取士，以论策共为一场，制诏表章为一场。上欣然欲行之，而周益公等不主其说，遂不果行。余谓若行此法，则举子无不习王言者。习者既多，自有精工者出于其间，他时选拔而用之，何患丝纶之不雅正乎！

透　脱

　　杨诚斋丞零陵日，有《春日》绝句云："梅子流酸软齿牙，芭蕉分绿上窗纱。日长睡起无情思，闲看儿童捉柳花。"张紫岩见之曰："廷秀胸襟透脱矣。"

对　垒

　　与敌对垒，必分兵以扰之，设诈以疑之。扰之，则其力不给；疑之,则其心不安。力不给则败,心不安则遁。

李　勣

李勣临终谓其弟德曰:"吾子孙若有志气不伦、交游非类者,必先挝杀之,而后以闻。"其言严厉如此。《酉阳杂俎》载:勣孙敬业,年十许岁,勇悍异甚。勣心患之,伺其入林猎兽,纵火焚林。敬业见火至,剚所乘马,入其腹中。火过,浴血而出,迄不能害。临终之戒,为敬业发也。厥后则天之祸,敬业起兵,所谓"一抔之土未干,六尺之孤何在"者,名义固正,亦狂率矣,卒歼其宗。然武氏之立,大臣力争之,以勣家事一语而定。唐之子孙,半为血肉,歼宗之祸,非天报耶?

买　砚　诗

徐渊子诗云:"俸余拟办买山钱,却买端州古砚砖。依旧被渠驱使在,买山之事定何年?"刘改之贺其直院启云:"以载鹤之船载书,入觐之清标如此;移买山之钱买砚,平生之雅好可知。"渊子词清雅,余尤爱其《夜泊庐山》词云:"风紧浪淘生,蛟吼鼍鸣,家人睡着怕人惊。只有一翁扪虱坐,依约三更。　　雪又打残灯,欲暗还明。有谁知我此时情?独对梅花倾一盏,还又诗成。"

孤　雁　独　鹤

杜陵诗云:"孤雁不饮啄,飞鸣声念群。谁怜一片影,相失万重云。望断似犹见,哀多如更闻。野鸦无意绪,鸣噪自纷纷。"又云:"独鹤归何晚,昏鸦已满林。"似兴君子寡而小人多;君子凄凉零落,小人噂沓喧竞。其形容精矣。

朱 文 公 词

世传《满江红》词云："胶扰劳生，待足后何时是足？据见定随家丰俭，便堪龟缩。得意浓时休进步，须知世事多翻覆。漫教人白了少年头，徒碌碌。　谁不爱，黄金屋；谁不羡，千钟禄。奈五行不是、这般题目。枉费心神空计较，儿孙自有儿孙福。也不须采药访神仙，惟寡欲。"以为朱文公所作。余读而疑之，以为此特安分无求者之辞耳，决非文公口中语。后官于容南，节推翁谔为余言：其所居与文公邻，尝举此词问公。公曰：非某作也，乃一僧作，其僧亦自号"晦庵"云。又《水调歌头》云："富贵有余乐，贫贱不堪忧。那知天路幽险，倚伏互相酬。请看东门黄犬，更听华亭清唳，千古恨难收。何似鸱夷子，散发弄扁舟。　鸱夷子，成霸业，有余谋。收身千乘卿相，归把钓鱼钩。春昼五湖烟浪，秋夜一天云月，此外尽悠悠。永弃人间事，吾道付沧洲。"此词乃文公作，然特敷衍隐括李、杜之诗耳。

邓 友 龙 使 虏

嘉泰中，邓友龙使虏，有赂驿吏夜半求见者，具言虏为鞑之所困，饥馑连年，民不聊生，王师若来，势如拉朽。友龙大喜，厚赂遣之。归告韩侂胄，且上倡兵之书，北伐之议遂决。其后王师失利，侂胄诛，友龙窜。或疑夜半求见之人，诳诞误我。然观金虏《南迁录》，其言皆不诬。此必中原义士，不忘国家涵濡之泽，幸虏之乱，潜告我使。惜乎，将相非人，无谋浪战，竟孤其望，是可叹也。

诚 斋 退 休

杨诚斋自秘书监将漕江东，年未七十，退休南溪之上，老屋一区，仅庇风雨。长须赤脚，才三四尺。徐灵晖赠公诗云："清得门如水，贫唯带有金。"盖纪实也。聪明强健，享清闲之福，十有六年。宁皇初元,与朱文公同召。文公出,公独不起。文公与公书云:"更能不以乐天知命之乐,而忘与人同忧之忧,毋过于优游,毋决于遁思,则区区者犹有望于斯世也。"然公高蹈之志,已不可回矣。尝自赞云:"江风索我吟,山月唤我饮。醉到落花前,天地为衾枕。"又云:"青白不形眼底,雌黄不出口中。只有一罪不赦,唐突明月清风。"

绍 兴 内 禅

绍兴甲寅,寿皇不豫,光宗以疾不能过宫,然犹日临内朝。宰相率百官固请,不从。尝降出一草茅书,言建储事,宰相袖进取旨,上变色曰:"储不豫建,建即代矣。朕第欲卿知其妄耳。"越数日,宰执再以请,御批有"历事岁久,念欲废闲"之语。寿皇升遐,上不能丧,群臣相率攀上衣裾,泣曰:"寿皇死也,陛下合上辇一出。"随至福宁殿,不退。上亦泣曰:"此非卿等行处也。"急还内,袴绒为裂。时中外讹言汹汹,或言某将辄奔赴,或言某辈私聚哭。朝士有潜遁者,近幸富人,竞匿重器,都人皇皇。赵忠定在西府,密谋内禅,念莫可达意于寿圣者。韩侂胄,寿圣甥也,乃令阁门蔡必胜潜告之。侂胄遂因知省关礼白寿圣。议始定,忠定令工部尚书赵彦逾戒殿帅郭杲,敕宿卫起居舍人彭龟年告嘉邸备进发。七月甲寅,禫祭,寿圣引宰执至帘下,谕曰:"皇帝疾,至今未能执丧,自欲退闲,此御笔也。嘉王可即皇帝位于重华宫,躬行丧礼。"嘉王却避再三,侂胄、必胜扶抱登御榻,流涕被面。命泰安宫提举杨舜卿往南内请八宝,初犹靳予,舜卿传奏云:"官家儿子做了。"乃得宝出。事定,侂胄意望节钺,忠定不与,知阁刘弼乘间言曰:"此事侂胄颇有功,亦合分些官职与他。"忠定曰:"渠亦有何大功!"弼语侂胄,侂胄未信,谒忠定以探其意,忠定岸然不交一谈。侂胄退而叹曰:"刘知阁不吾欺。"于是邪心始萌,谋逐忠定矣。

竹 夫 人 制

李公甫谒真西山,丐词科文字,西山留之小饮书房,指竹夫人为题曰："蕲春县君祝氏,可封卫国夫人。"公甫援笔立成,末联云："於戏! 保抱携持,朕不忘两夜之寝;展转反侧,尔尚形四方之风。"西山击节。盖八字用《诗》《书》全语,皆妇人事;而"形四方之风",又见竹夫人玲珑之意。其中颂德云："常居大厦之间,多为凉德之助。剖心析肝,陈数条之风刺;自顶至踵,无一节之瑕疵。"

骂尸虫文

柳子厚文章精丽,而心术不掩焉,故理意多舛驳。余尝书其《骂尸虫文》后云:尸虫伏人骸窍间,俎伺隐慝,上谒之帝,意求饮食,人以是多罹咎谪,柳子憎而骂之。余谓尸虫未果有也,果有之,疑帝借以为耳目,未可骂也。世之人唯不知有尸虫,世之人而知有尸虫,则岂特摩牙奋距、昂昂然以凶毒自名者削迹于世哉! 色厉内荏,声善实狠,若共、兜、少正卯辈,当亦少衰矣。故余谓尸虫之有裨于世教甚大,帝之福、善、祸、淫有藉于尸虫甚切。帝之饮以饮食也,初非赏谀;尸虫之哓哓上诉也,亦非以谗故。仁人君子谓宜彰尸虫之功于天下,俾警焉可矣。骂者何也? 且柳子何畏乎尸虫? 谨修而身,宅而心,七情所动,不违其则,虽有尸虫,将焉攸诉? 彼若鼓其谗颊,咀毒衔锋,谓巢由污,龙逢、比干佞,谓周、孔不仁,则帝之聪明,将怒殛之矣,奚听信以降割于我民! 设或循其首以至踵,未能无面热汗下,徒憎其不为己隐,申之以骂焉,余恐只益其诉帝之说而已。

举刘郡守

张宣公帅江陵,道经澧,澧之士子十数辈执文书郊迎。公喜见须眉,就马上长揖,索其文观之,乃举刘郡守政绩。公掷其文于地,曰："诸公之来,某意其相与讲切义理之是非,启告闾阎之利病,有以见教。今乃不然,是特被十只冷馒头使耳!"跃马径去。澧守上谒,亦不容见。

制 置 用 武 臣

嘉定间,山东忠义李全跋扈日甚。朝廷择人帅山阳,见大夫无可使,遂用许国。国,武人也,特换文资,除大府卿以重其行。国至山阳,偃然自大,受全庭参,全军忿怒,囚而杀之。幕客杜子堃,诗人也,亦死焉。初,国之换文资,乔寿朋以书抵史丞相曰:"祖宗朝制置使多用名将。绍兴间,不独张、韩、刘、岳尝为之,杨沂中、吴玠、吴璘、刘锜、王璨、成闵、李显中诸人亦为之。不特制置使可为,枢密、处置、宣抚等使亦可为也,岂必尽文臣哉!至于文臣任边事,固有反以观察使授之者,如韩忠献、范文正、陈尧咨是也。今若就加本等之官,以重制帅之选,初无不可,乃使之处非其地,遽易以清班,彼必修饰边幅,强自标置,求以称此。人心固未易服,恐反使人有轻视不平之心。此不可不虑也。"庙堂不能从,未几,果败。李全自此遂叛。尝曰:"吾不患兵不精,唯患财不赡。"有士人教之以依朝廷样式造楮券,全从之,所造不胜计,持过江南市物,人莫能辨。其用顿饶,而江南之楮益贱,上下共以全为忧。辛卯上元夜,酒酣,自提兵攻维扬,忽陷于城外淖中而死。

男 子 妇 人 拜

朱文公云:"古者男子拜,两膝齐屈,如今之道拜。"杜子春注《周礼》"奇拜",以为先屈一膝,如今之雅拜,即今拜也。古者妇女以肃拜为正,谓两膝齐跪,手至地,而头不下也,拜手亦然。南北朝有乐府诗,说妇人曰:"伸腰再拜跪,问客今安否?"伸腰亦是头不下也。周宣帝令命妇相见皆跪,如男子之仪。不知妇人膝不跪地,而变为而今之拜者,起于何时。程泰之以为始于武后,不知是否。余观王建《宫词》云:"射生宫女尽红妆,请得新弓各自张。临上马时齐赐酒,男儿跪拜谢君王。"则唐时妇女拜不跪可证矣。

马谡

诸葛孔明征蛮,马谡曰:"攻心为上,攻城为下;心战为上,兵战为下。"其论高矣。街亭之败,用秦穆宥孟明故事可也。蜀势日倾,蜀才日少,而乃流涕斩谡,过矣。夫法立必诛,而不权以古人八议之仁,此申、韩之所为也。前辈谓子房之学出于黄、老,孔明之学出于申、韩,信矣。近世张魏公之斩曲端、赵哲,乃效孔明所为,尤非也。

唐 子 西 诗

唐子西立朝,赋《梅花》诗云:"桃花能红李能白,春深无处无颜色。不应尚有数枝梅,可是东君苦留客?""向来开处是严冬,桃李未在交游中。只今已是丈人行,勿与年少争春风。"执政者恶其自尊,一斥不复。后以党祸谪罗浮,作诗云:"说与门前白鹭群,也须从此断知闻。诸公有意除钩党,甲乙推求恐到君。"殊有意味。又云:"鹤归辽海悲人世,猿入巴山叫月明。唯有蛊沙今好在,往来休傍水边行。"《抱朴子》云:周穆王南征,一军皆化:君子化为猿鹤,小人化为蛊沙。诗意言君子或死或贬,唯小人得志,深畏其含沙射影也。

清 廉

士大夫若爱一文,不直一文。陈简斋诗云:"从来有名士,不用无名钱。"杨伯子尝为予言:"士大夫清廉,便是七分人了。盖公忠仁明,皆自此生。"伯子,诚斋冢嗣,号东山先生,清节高文,趾美克肖。其帅番禺,将受代,有俸钱七十缗,尽以代下户输租。有诗云:"两年枉了鬓霜华,照管南人没一些。七百万钱都不要,脂膏留放小民家。"又《别石门》诗云:"石门得得泊归舟,江水依依别故侯。拟把片香投赠汝,这回欲带忘来休。"盖晋吴隐之守五羊,不市南物,归舟有香一片,举而投诸石门江中,用此事也。其帅三山,不请供给钱,以忤豪贵,劾去。作诗贻先君云:"与世长多忤,持身转觉孤。夤缘新齿舌,收拾老头颅。我已诃泷吏,君谁诵《子虚》。同归灯火读,家里石渠书。"时先君与之同入闽故也。陈肤仲作《玉壶冰》、《朱丝弦》二诗送之。林自知《送行》诗云:"公来无琴鹤,公去有芒鞋。"又一幕官诗云:"从渠腰下有金带,何处山中无菜羹?"真西山人对,主上问当今廉吏,西山既以赵政夫为对。翌日,又奏曰:"臣昨所举廉吏未尽,如崔与之之出蜀,唯载归艎之图籍;杨长孺之守闽,靡侵公帑之毫厘,皆当今之廉吏也。"

西 湖 长

东坡守杭、守颍,皆有西湖,故《颍川谢表》云:"入参两禁,每玷北扉之荣;出典二州,辄为西湖之长。"秦少章诗云:"十里薰风菡萏初,我公所至有西湖。欲将公事湖中了,见说官闲事亦无。"后谪惠州,亦有西湖。杨诚斋诗云:"三处西湖一色秋,钱塘汝颍及罗浮。东坡元是西湖长,不到罗浮便得休。"

春秋书国灭

胡文定《春秋传》作于渡江之初。其论国灭也,曰:"《春秋》灭人之国,其罪则一。而见灭之君,其例有三:以归者,既无死难之节,又无克复之志,贪生畏死,甘就执辱,其罪为重,许斯、顿牂之类是也;出奔者,虽不死于社稷,有兴复之望焉,托于诸侯,犹得寓礼,其罪为轻,弦子、温子之类是也;若夫国灭死于其位,是得正而毙焉者矣,于礼为合,于时为不幸,若江、黄二国是也。"其旨严矣,如刘禅、愍、怀,皆《春秋》之罪人也。近时虏虏入蔡,残金之主守绪,乃能聚薪自焚,义不受辱,庶几于江、黄。

陆 放 翁

陆务观,农师之孙,有诗名。寿皇尝谓周益公曰:"今世诗人,亦有如李太白者乎?"益公因荐务观,由是擢用,赐出身为南宫舍人。尝从范石湖辟入蜀,故其诗号《剑南集》,多豪丽语,言征伐恢复事。其《题侠客图》云:"赵魏胡尘十丈黄,遗民膏血饱豺狼。功名不遣斯人了,无奈和戎白面郎。"寿皇读之,为之太息。台评劾之,其恃酒颓放,因自号"放翁"。作词云:"桥如虹,水如空,一叶飘然烟雨中,天教称放翁。"晚年为韩平原作《南园记》,除从官。杨诚斋寄诗云:"君居东浙我江西,镜里新添几缕丝。花落六回疏信息,月明千里两相思。不应李杜翻鲸海,更羡夔龙集凤池。道是樊川轻薄杀,犹将万户比千诗。"盖切磋之也。然《南园记》唯勉以忠献之事业,无谀辞。晚年和平粹美,有中原承平时气象,朱文公喜称之。

席　　地

古人席地而坐,登席则去履袜。《左氏传》:褚师声子袜而登席,卫侯怒其无礼。如簠簋笾豆,高不逾尺,便于取食。今世夫子庙塑像,巍然高坐,而祭器乃陈于地,殊觉未安。朱文公云:"先君尝过郑国列子庙,见其塑像以石为席,而坐于地,先圣像设亦宜仿此。"

蝶 粉 蜂 黄

杨东山言:《道藏经》云:蝶交则粉退,蜂交则黄退。周美成词云"蝶粉蜂黄浑退了",正用此也。而说者以为宫妆,且以"退"为"褪",误矣。余因叹曰:"区区小词,读书不博者尚不得其旨;况古人之文章,而可臆见妄解乎!"

戒　　色

唐司空图诗云:"昨日流莺今日蝉,起来又是夕阳天。六龙飞辔长相窘,更忍乘危自着鞭。"戒好色自戕者也。杨诚斋善谑,尝谓好色者曰:"阎罗王未曾相唤,子乃自求押到,何也?"即此诗之意。

小官对移

廖子晦为小官,遭长官以非理对移,殊不能堪。朱文公以书晓之云:"吾人所学,正要此处呈验,已展不缩,已进不退,只得硬脊梁与他厮捱,看如何?自家决定不肯开口告他,若到任满,便作对移,批书离任,则他许多威风都无使处矣,岂不快哉!此间有吴伯起者,不曾讲学,后闻陆子静说话,自谓有所得。及作令,被对移他邑主簿,却不肯行,百方求免。某尝笑之,以为何至如此。若对移作指使,即逐日执杖子,去知府厅前唱喏;若对移作押录,即逐日抱文书,去知县厅前呈覆。便做耆长壮丁,亦不妨与他去做,况主簿乎?"文公之意,盖谓心无愧怍,则无入而不自得;心无贪恋,则无往而不自安。此不在于临事遇变之时,而在于平居讲学之际。讲之素精,见之素定,真知夫进退、得丧、死生、祸福之不足以累吾心,则虽鼎镬刀锯,视之如寝饭之安矣,况于一升黜予夺之间者哉!韩昌黎云:"夫儒者之于患难,苟非其自取之,其拒而不受于怀也,若筑河堤而障屋霤;其容而消之也,若水之于海冰之于夏日;其玩而忘之以文辞也,若奏金石以破蟋蟀之鸣、虫飞之声,况一不缺于考功盛山一出入息之间哉!"此最善形容处。

试进士见烛

唐人诗云:"三条烛尽钟初动,九转丹成鼎未开。明月渐低人扰扰,不知谁是谪仙才?"此唐试进士见烛之验也。白乐天奏状云:"礼部试进士例许用书册,兼得通宵。"盖亦不禁怀挟矣。

甲编卷五

相 字 音 厮

白乐天诗云:"为问长安月,谁教不相离?""相"字下自注云:"思移切。"乃知今俗作"厮"字者,非也。

格 天 阁

秦桧少游太学,博记工文,善干鄙事,同舍号为"秦长脚"。每出游饮,必委之办集。既登第,及中词科,靖康初,为御史中丞。金人陷京师,议立张邦昌,桧陈议状,大略谓:"赵氏传绪百七十年,号令一统,绵地万里;子孙蕃衍,布在四海;德泽深长,百姓归心。只缘奸臣误国,遂至丧师失守,岂可以一城而决废立哉!若必欲舍赵氏而立邦昌,则京师之民可服,而天下之民不可服;京师之宗子可灭,而天下之宗子不可灭。望稽古揆今,复君之位,以安天下。"虏虽不从,心嘉其忠,与之俱归。桧天资狡险,始陈此议,特激于一朝之谅。既至虏廷,情态遂变,诣事挞辣,倾心为之用。兀术用事,侵扰江淮,韩世忠邀之于黄天荡,几为我擒。一夕凿河,始得遁去。再寇西蜀,又为吴玠败之于和尚原,至自黥其须发而遁。知南军日强,惧不能当,乃阴与桧约,纵之南归,使主和议。桧至行都,绐言杀虏之监己者,奔舟得脱。见高宗,首进"南自南,北自北"之说。时上颇厌兵,入其言。会诸将稍恣肆,各以其姓为军号,曰"张家军"、"韩家军",桧乘间密奏,以为诸军但知有将军,不知有天子,跋扈有萌,不可不虑。上为之动,遂决意和戎,而桧专执国命矣。方虏之以七事邀我也,有毋易首相之说,正为桧设。洪忠宣自虏回,戏谓桧曰:"挞辣郎君致意。"桧大恨之。厥后金人徙汴,其臣张师颜者作《南迁录》,载孙大鼎疏,备言遣桧间我,以就和好。于是桧之奸贼不臣,其迹始彰彰矣。方其在相位也,建一德格天之阁,有朝士贺以启云:"我闻在昔,惟伊尹格于皇天;民到于今,微管仲吾其左衽。"桧大喜,超擢之。又有选人投诗云:"多少儒生新及第,高烧银烛照蛾眉。格天阁上三更雨,犹诵《车攻》复古诗。"桧益喜,即与改秩。盖其胸中有慊,故特喜此谀语,以为掩覆之计,真猾夏之贼也。余观唐则天追贬隋臣杨素诏曰:"朕上嘉贤佐,下恶贼臣,尝欲从容于万机之暇,褒贬于千载之外。矧年代未远,耳目尚存者乎!"夫杨素异代之奸臣,则天一女主尚知恶而贬之。矧如桧者,密奉虏谋,协君误国,罪大恶极,上通于天,其可赦乎!开禧用兵,虽尝追削,嘉定和戎,旋即牵复,是可叹也!

易 六 卦

洪容斋云:"《易》乾坤之下,六卦皆有坎,此圣人防患备险之意也。"余谓:屯、蒙,未出险者也;讼、师,方履险者也,戒之宜矣。若夫需者,燕乐之象;比者,亲附之象,乃亦有险焉。盖斧斤鸩毒,每在于衽席杯觞之间;而诩诩笑语,未必非关弓下石者也。于此二卦,其戒尤不可不严焉。

放 鱼 诗

王荆公新法烦苛,毒流寰宇。晚岁归钟山,作《放鱼》诗云:"物我皆畏苦,舍之宁啖茹。"其与梁武帝穷兵嗜杀而以面代牺牲者何殊?余尝有诗云:"错认苍姬六典书,中原从此变萧疏。幅巾投老钟山日,辛苦区区活数鱼。"

杜悰范文正

唐宣宗遗诏立夔王,而中尉王宗贯等迎郓王立之,是为懿宗。上尝出宦官请郓王监国奏,令宣徽使杨公庆持示宰相杜悰曰:"当时宰相无名者,皆以反法处之。"惊谓公庆及两枢密曰:"主上新践阼,当以仁爱为先,岂得遽赞成杀宰相事! 若习与性成,则中尉、枢密岂得不自忧乎?"公庆色沮而去,帝怒亦释。庆历中,劫盗张海过高邮,知军晁仲约令百姓敛金帛牛酒劳之。海悦,径去,不为暴。事闻,富郑公欲诛仲约,范文正不可,富公愠曰:"方今患法不举,欲举法而多方沮之,何以整众?"范公曰:"祖宗以来,未尝轻杀臣下,此盛德事,奈何欲轻坏之? 他日主上手滑,吾辈亦未敢自保也。"富公不以为然。其后自河北还朝,不许入国门,未测朝廷意,终夜彷徨不能寐。思范公语,绕床叹曰:"范六丈,圣人也!"文正之言与杜惊略同,皆至言也。李斯劝胡亥以烦刑,而身具五刑以死,为人臣者,可以监矣。建炎维扬之祸,谏官袁植乞诛黄潜善等九人,高宗不可,曰:"朕方责己,岂可归罪股肱?"宰相吕颐浩曰:"本朝辅弼大臣,纵有大罪,止从贬窜,故盛德足以祈天永命。植发此言,亏陛下好生之德。"乃出植知池州。大哉,高宗之德! 至哉,颐浩之论! 当时若从植言,潜善等固死有余罪,然此门既开,厥后秦桧专国,必借此藉口以锄善类,其产祸宁有极乎!

诗 咏 蟋 蟀

张文潜云:"《诗》三百篇,虽云妇人女子、小夫贱隶所为,要之,非深于文章者不能作。如'七月在野'以下,皆不道破,至'十月入我床下',方言是蟋蟀,非深于文章者能之乎? 然是诗乃周公作,其超妙宜矣。荆公绝句云:'昏黑投林晓更惊,背人相唤百般鸣。柴门长闭春风暖,事外还能见鸟情。'盖祖此法。"

人 事 天 命

王景文云:"有心于避祸,不若无心于任运。"斯言固达矣,然必自反无愧,自尽无憾,乃可安之于命。伊川曰:"人之于患难,只有一个处置,尽人谋之后,却须泰然处之。"东坡曰:"知命者必尽人事,然后理足而无憾。物之有成必有坏,譬如人之有生必有死,而国之有兴必有亡也。虽知其然,而君子之养身也,凡可以久生而缓死者,无不用;其治国也,凡可以存存而救亡者,无不为。至于不可奈何而后已,此之谓知命。"

涪 陵 樵 夫

伊川谪涪,渡江,风浪大作,舟中之人皆失色。伊川正襟端坐,神色泰然。既及岸,有樵夫问曰:"公是达后如此? 是舍后如此?"伊川登岸,欲与之言,已去,不可追矣。余谓:惟达故舍,惟舍故达;达是智,舍是勇。夫子曰:"朝闻道夕死可矣。"使未闻道,必有贪生怖死之心,安能夕死而可哉! 可者,委顺而无贪怖之心也。"朝闻道"是达,"夕死可矣"是舍;达须是平时做工夫,舍则临事自然如此。

胡 忠 简 碑

周益公作《胡忠简神道碑》云:"武王一戎衣而天下定,义士犹或非之,孔子奚取焉,为万世计也。"盖忠简力诋和议,乞斩秦桧,而绍兴终于和戎,故以忠简比夷齐,以高宗比武王,可谓回护得体。

秦 誓

康节邵子云:"夫子定《书》,以《秦誓》缀《周》、《鲁》之后,知周之必为秦也。"前辈颇不然其说。余尝思之,亦自有理。盖说者皆谓取穆公悔过一念,故特录其书。然作誓之后,彭衙、令狐、汾曲之师,贪忿愈甚,乌在其为真悔过! 夫子奚取焉? 况二百余年,千八百国之诸侯,岂无一君之贤、一言之几于道,奚独于西戎之君有取哉? 盖当是时,周已不可为,而列国又皆不自振,惟秦骎骎始大。夫子知周之亡也,诸侯必折而入于秦,故定《书》之末,特收此篇,以微见其意。或曰:圣贤言理不言数,若尔,则夫子亦言数乎? 曰:此非数也,势也。夫子尝曰:"如有用我者,吾其为东周乎?""乎"者,疑词也,谓吾道若获用,则西周之美可寻,不止乎东周而遂已也。此正欲以理而回其势也。及历聘无逢,自卫反鲁,则道不获行,而势之所趋有不可挽者矣,安得不悯然寓意于定《书》之末乎!考秦之强,实自穆公始,秦以割地毙列国,非特战国时为,然在春秋时已然矣。《左氏传》曰:"赂秦伯以河外列城五。"又曰:"秦始征晋河东,置官司马。"此皆薪不尽、火不灭之兆也。周亡而秦兴,已粲然在目中矣,孰谓夫子而不知乎!且非特定《书》为然也,其删《诗》亦然。十五国风,莫非中国之诗也,吴、楚流而入于夷狄,则削而不录。秦与吴、楚等也,独存其诗。今观列国之风,大抵流荡昏淫,有日趋于亡之势,惟秦始有车马礼乐,其诗奋厉猛起,已有招八州、毕六王之气象,夫子存而不删,岂无意乎?

荆公见濂溪

王荆公少年,不可一世士,独怀刺候濂溪,三及门而三辞焉。荆公恚曰:"吾独不可自求之《六经》乎!"乃不复见。余谓濂溪知荆公自信太笃,自处太高,故欲少摧其锐,而不料其不可回也。然再辞可矣,三则已甚。使荆公得从濂溪,沐浴于光风霁月之中,以消释其偏蔽,则他日得君行道,必无新法之烦苛,必不斥众君子为流俗,而社稷苍生将有赖焉。呜呼,岂非天哉!

吕秦牛晋

秦虎视山东,蚕食六国,不知六国未灭,而秦先灭矣。何也?始皇乃吕不韦之子,则是嬴氏为吕氏所灭也。司马氏欺人孤寡,而夺之位,不知魏灭未几,而晋亦灭矣。何也?元帝乃牛金之子,则是司马氏为牛氏所灭也。《春秋》书莒氏灭鄫,义正如此。胡致堂欲用《春秋》法,于《始皇纪》便明书吕氏,《元帝纪》便书明牛氏,以从其实。

景 公 颜 子

景公千驷，不及夷、齐；颜子一瓢，乃同禹、稷。孔、孟垂教，深切著明，而后世利欲之私，至于包括天地，蔽遮日月。太史公曰："天下攘攘，皆为利往；天下嘻嘻，皆为利来。"吁！可哀也哉。

诛 罪

舜诛四，周公诛二，赵广汉诛一原褚而颍川服，尹翁归诛一许仲孙而东海服。赵、尹固不足道，而所以用刑者，则舜与周公之术也。彼渭水尽赤，血流波道者，独何为哉？

学 仕

学不必博，要之有用；仕不必达，要之无愧。学而无用，涂车刍灵也；仕而有愧，鹤轩虎冠也。

宝 臣

楚不以白珩为宝，而观射父之作训辞，左氏倚相之道训典，乃楚之至宝也。齐不以径寸之珠为宝，而檀子之守南城，盼子之守高唐，黔夫之守徐州，种首之备盗贼，乃齐之至宝也。故忠贤才识之士，谓之宝臣。若无宝而不知求，得宝而不之识，有宝而不知重，弃荆玉而喜燕石，贱周璞而藏郑鼠，国之不亡者幸也。

饥 寒

杨诚斋云："人皆以饥寒为患，不知所患者正在于不饥不寒尔。"此语殊有味。乞食于野人，晋重耳之所以霸；燎衣破灶而啜豆粥，汉光武之所以兴。况下此者，其可不知饥寒味哉！

无垢廷对

张子韶对策，至晡未毕，貂珰促之。子韶曰："未也，方谈及公等。"故其策曰："阉寺闻名，国之不祥也。尧、舜阉寺不闻于典谟，三王阉寺不闻于誓诰。竖刁闻于齐而齐乱，伊戾闻于宋而宋危。"

浦　鸥

杜陵《咏鸥》云："江浦寒鸥戏，无他亦自饶。却思翻玉羽，随意点春苗。雪暗还须落，风生一任飘。几群沧海上，清影日萧萧。"言浦鸥闲戏，使无他事，亦自饶美，奈何不免口腹之累。故闲戏未足，已思翻玉羽而点春苗，为谋食之计，虽风雪凌厉，有所不暇顾。末言海鸥之旷逸，清影翛然，不为泥滓所点染，非浦鸥所能及。以兴士当高举远引，归洁其身如海鸥，不当逐逐于声利之场，以自取贱辱若浦鸥也。

苏　后　湖

苏养直之父伯固，从东坡游，"我梦扁舟浮震泽"之词，为伯固作也。养直"属玉双飞水满塘"之句，亦见赏于坡，称为吾家养直作此诗，时年甚少，而格律已老苍如此。绍兴间，与徐师川同召，师川赴，养直辞。师川造朝，便道过养直，留饮甚欢。二公平日对弈，徐高于苏。是日，养直拈一子，笑视师川曰："今日须还老夫下此一着。"师川有愧色。游诚之跋养直墨迹云："后湖胸中本无轩冕，是以风神笔墨皆自萧散，非慕名隐居者比也。士生斯世，苟无功利及人，区区奔走，老死尘埃，不如学苏养直。"

偻 㑖

《五代史》：汉刘铢恶史弘肇、杨邠，于是李业谮二人于帝而杀之。铢喜，谓业曰："君可谓偻㑖儿矣。"偻㑖，俗言狡猾也。欧史闲书俗语，甚奇。

释 豉

韵书释"豉"云："配盐幽菽。"四字甚工。

读 书

北魏主珪问博士李先曰："天下何物最益人神智？"先曰："莫若书。"王荆公诗曰："物变有万殊，心思才一曲。读书谓已多，抚事知不足。"言非读书不足以应事也。然新法之害，岂不读书之过哉。其过正在于读书也。夫书不可不读，尤贵于善读。方荆公与诸君子争新法也，作色于政事堂曰："安石不能读书，贤辈乃能读书耶！"夫着一能读书之心，横于胸中，则锢滞有我，其心已与古人天渊悬隔矣，何自而得其活法妙用哉？吕东莱解《尚书》云："《书》者，尧、舜、禹、汤、文、武、周公之精神心术尽寓其中，观《书》者不求其心之所在，夫何益！然欲求古人之心，必先求吾心，乃可见古人之心。"此论最好，真读书之法也。当时赵清献公之折荆公曰："皋、夔、稷、契，有何书可读？"此亦忿激求胜之辞，未足以服荆公。夫自文籍既生以来，便有书。皋、夔之前，《三坟》亦书也；伏羲所画之卦，亦书也；太公所称黄帝、颛帝之丹书，亦书也；《孟子》所称放勋曰，亦书也；岂得谓无书哉？特皋、夔、稷、契之所以读书者，当必与荆公不同耳。当时答荆公之辞，只当曰："公若锢于有我之私，不能虚心观理，稽众从人，是乃不能读书也。"呜呼！荆公往矣，后之君子，穷而讲道明理，达而抚世酬物，谨无着一能读书之心，横在胸中也哉！

松　石

秦朝松封大夫,陈朝石封三品。李诚之《咏松》云:"半依岩岫倚云端,独立亭亭耐岁寒。一事颇为清节累,秦时曾作大夫官。"荆公《三品石》云:"草没苔侵弃道周,误恩三品竟何酬?国亡今日顽无耻,似为当年不与谋。"夫松石无知之物,一为二朝名宠所点染,犹不免万世之包弹,矧士大夫其于进退辞受之际,可苟乎哉!

取　守

吴孙秀曰:"讨逆弱冠以一校尉创业,今后主举江南而弃之。"唐李翱曰:"神尧以一旅取天下,后世子孙不能以天下取河北。"忠臣志士之叹,古今一也。

鸥　雁

吾郡陈国材诗曰:"红日晚天三四雁,碧波春水一双鸥。"周益公、杨诚斋盛称之。

石　牛　洞　诗

荆公《题舒州山谷寺石牛洞泉穴》云:"水泠泠而北出,山靡靡以旁围,欲穷源而不得,竟怅望以空归。"晁无咎编《续楚词》,谓此诗具六艺群书之余味,故与其经学典策之文俱传。朱文公编《楚词后语》,亦收此篇。

扈　载

五代时,扈载有文名,尝游相国寺;见庭竹可爱,作《碧鲜赋》题壁间。周世宗命小黄门录进，览之称善。王朴尤重之，荐之宰相李穀。穀曰：“非不知其才，然薄命恐不能胜。”朴曰：“公为宰相，以进贤退不肖为职，何言命耶？”乃拜知制诰，为学士。居岁余，果卒。余谓穀言陋矣，不幸而中。若朴者，真宰相之言也。近时周益公长身瘦面，状若野鹤，在翰苑多年。寿皇一日燕居，叹曰：“好一个宰相，但恐福薄耳。”盖疑其相也。一老珰在傍徐奏曰：“官家所叹，岂非周必大乎？”上曰：“尔何知？”曰：“臣见所画司马光像，亦如必大清癯。”上为之一笑。未几，遂登庸，为太平宰相，与闻揖逊之盛。出镇长沙，退休享清闲之福十有余年。

神　形　影

陶渊明《神释形影》诗曰：“大钧无私力，万理自森著。人为三才中，岂不以我故。”我，神自谓也。人与天地并立而为三才，以此心之神也；若块然血肉，岂足以并天地哉！末云：“纵浪大化中，不喜亦不惧，应尽便须尽，无复独多虑。”乃是不以死生祸福动其心，泰然委顺养神之道也。渊明可谓知道之士矣。

李　方　叔

元祐中，东坡知贡举，李方叔就试。将锁院，坡缄封一简，令叔党持与方叔。值方叔出，其仆受简，置几上。有顷，章子厚二子曰持、曰援者来，取简窃观，乃“扬雄优于刘向论”一篇。二章惊喜，携之以去。方叔归，求简不得，知为二章所窃，怅惋不敢言。已而果出此题，二章皆模仿坡作，方叔几于阁笔。及折号，坡意魁必方叔也，乃章援；第十名文意与魁相似，乃章持。坡失色。二十名间，一卷颇奇，坡谓同列曰：“此必李方叔。”视之，乃葛敏修。时山谷亦预校文，曰：“可贺内翰得人，此乃仆宰太和时，一学子相从者也。”而方叔竟下第。坡出院，闻其故，大叹恨，作诗送其归，所谓“平生漫说古战场，过眼终迷日五色”者是也。其母叹曰：“苏学士知贡举，而汝不成名，复何望哉！”抑郁而卒。余谓坡拳拳于方叔如此，真盛德事。然卒不能增益其命之所无，反使二章得窃之以发身。而子厚小人，将以坡为有私有党，而无以大服其心，岂不重可惜哉！

韩柳欧苏

韩、柳文多相似。韩有《平淮碑》，柳有《平淮雅》；韩有《进学解》，柳有《起废答》；韩有《送穷文》，柳有《乞巧文》；韩有《与李翊论文书》，柳有《与韦中立论文书》；韩有《张中丞传叙》，柳有《段太尉逸事》。至若韩之《原道》、《佛骨疏》、《毛颖传》，则柳有所不能为；柳之《封建论》、《梓人传》、《晋问》，则韩有所不能作。韩如美玉，柳如精金；韩如静女，柳如名姝；韩如德骥，柳如天马。欧似韩，苏似柳。欧公在汉东，于破筐中得韩文数册，读之始悟作文法。东坡虽迁海外，亦惟以陶、柳二集自随。各有所悟入，各有所酷嗜也。然韩、柳犹用奇字、重字，欧、苏唯用平常轻虚字，而妙丽古雅，自不可及，此又韩、柳所无也。

使虏辞乐

光尧之丧，金虏来吊祭，京仲远以检正假礼部尚书为报谢使，虏锡燕汴京，仲远与郊劳使康元弼言，请免燕，不许。请撤乐，如告哀遗留使，亦不许。至期，虏促入席，传呼不绝。仲远曰："若不撤乐，有死而已，不敢即席。"元弼等知不可夺，乃传言曰："请先拜酒果之赐，徐议撤乐。"仲远方率其属拜受。北典签者连呼曰："北朝燕南使，敢不即席！"声甚厉，仲远趋退复位，甲士露刃闭门，仲远命左右叱曰："南使执礼，何物卒徒，乃敢无礼！"排闼而出。元弼等以闻其主。仲远留馆俟命，赋诗曰："鼎湖龙驭去无踪，三遣行人意则同。凶礼强更为吉礼，夷风终未变华风。设令耳与笙镛末，只愿身糜鼎镬中。已办淹留期得请，不辞筑馆汴江东。"越七日，竟获免乐之命。既还，孝宗劳之曰："卿能执礼，为朕增气，何以赏卿？"对曰："虏畏陛下威德，非畏臣也。正使臣死于虏,亦常分也,敢觊赏乎!”上喜,谓宰相曰:“京镗,今之毛遂也。”除权侍郎,以至大用。

贺 和 戎 表

嘉定和戎,湖南帅曹彦约贺表云:“过也更也,何伤日月之明;赦之宥之,式彰天地之大。”一时传诵。吾郡罗蓬伯之词也。

士 卒 畏 爱

士卒畏将者胜畏敌者败,爱将者胜爱身者败。畏将则不畏敌,畏敌则不畏将。爱将则不爱身,爱身则不爱将。畏将在将之威,爱将在将之恩。有李光弼斩张用济之威,则三军股栗矣,何患其不畏将? 有吴起吮士疽之恩,则赴死如归矣,何患其不爱将? 虽然,戮一不用命,诛一不循律,则威振矣,不必数数然也。至若抚循之恩,则终始有所不可废。《东山》之诗,昵昵儿女语,此周之所以长。潼关之败,唐几亡矣,而仆射如父兄,识者以是占中兴焉。谋帅择将者,则何以哉?

甲编卷六

玉 山 词 章

汪圣锡代言温雅,朱文公推许之,有《玉山词章》。如《赐四川宣抚虞允文辞召命不允诏》云:"惟汝一德,既咨裴度而往厘;于今三年,复念周公之久外。"《赐知绍兴府史浩乞宫观养亲不允诏》云:"尹兹东夏,非徒昼锦之荣;循彼南陔,盖便晨羞之养。"《赐陈俊卿辞左相不允诏》云:"应事幾之纠纷,大车以载;阅世俗之变化,直道而行。民具尔瞻,已公论之胥庆;帝赉予弼,岂宠章之敢私。"《赐虞允文辞右相不允诏》云:"以梦营求,孰若验事功之已试;以言痪合,孰若察志节之所安。"《赐大将成闵复节钺诏》云:"不以一眚掩大德,既当念功;安得壮士守四方,岂若求旧。"《除郭振节度使制》云:"不显亦世,尚继汾阳之休;无兢维人,孰云充国之老。"皆可喜也。

作 文 迟 速

李太白一斗百篇,援笔立成;杜子美改罢长吟,一字不苟。二公盖亦互相讥嘲。太白赠子美云:"借问因何太瘦生,只为从前作诗苦。""苦"之一辞,讥其困踽镈也。子美寄太白云:"何时一樽酒,重与细论文。""细"之一字,讥其欠缜密也。昌黎志孟东野云:"刿目鉥心,刃迎缕解,钩章棘句,掏擢胃肾。"言其得之艰难。赠崔立之云:"朝为百赋犹郁怒,暮作千诗转遒紧。摇毫掷简自不供,顷刻青红浮海蜃。"言其得之容易。余谓文章要在理意深长,辞语明粹,足以传世觉后,岂但夸多斗速于一时哉!山谷云:"闭门觅句陈无己,对客挥毫秦少游。"世传无己每有诗兴,拥被卧床,呻吟累日,乃能成章。少游则杯觞流行,篇咏错出,略不经意。然少游特流连光景之词,而无己意高词古，直欲追踪《骚》《雅》，正自不可同年语也。

象郡送行诗

吾郡胡季昭，宝庆初元为大理评事，应诏上书言济邸事，窜象郡。建人翁定送行诗云："应诏书闻便远行，庐陵不独诧邦衡。寸心只恐孤天地，百口何期累弟兄。世态浮云多变换，公朝初日盍清明。危言在国为元气，君子从来岂愿名！"盱江杜来诗云："庐陵一小郡，百岁两胡公。论事虽小异，处心应略同。有书莫焚稿，无恨岂伤弓。病愧不远别，写诗霜月中。"太学生胡炎诗云："一封朝奏大明宫，嘘起庐陵古直风。言路从来天样阔，蛮荒谁使径旁通。朝中竞送长沙傅，岭表争迎小澹翁。学馆诸生空饱饭，临分忧国意何穷。"先公竹谷老人诗云："好读床头《易》一篇，盈虚消息总天然。峥嵘齿颊皆冰雪，肯怕南方有瘴烟。""频寄书回洗我愁，莫言无雁到南州。长相思外加餐饭，计取承君旧话头。"季昭之兄子建、弟国宾皆博学能文，怀奇负气。兄弟友爱最隆，不蓄私财，有无尽费于朋友，得罪之日，囊无一钱，子建挈家归，卖文以活。国宾奋然徒步，从其兄于贬所。国宾先没，季昭继之。端平更化，诏许归葬，赠朝奉郎，官其一子。洪舜俞草赠官制词云："朕访落伊始，首下诏求谠直，盖与谏鼓谤木同意。以直言求人，而以直言罪之，岂朕心哉！尔风裁峭洁，志概激壮，繇尉廷平，上书公车，言人之所难言。方嘉贯日之忠，已坠偃月之计。问涂胥口，访事泷头，曾无几微见于颜面，何气节之烈也！仁祖能全介于远谪之余，孝祖能拔铨于投荒之后。抚今怀往，魂不可招，潦雾坠鸢，悲悔何及。陟阶员外，仍官厥子。用旌折槛之直，且识投杼之过。尔虽死，可不朽矣。"

廉 贾

《史·货殖传》曰："贪贾三之，廉贾五之。"夫贪贾所得，宜多而反少；廉贾所得，宜少而反多。何也？廉贾知取予，贪贾知取而不知予也;夫以予为取,则其获利也大。富商豪贾,若恶贩夫贩妇之分其利,而靳靳自守,则亦无大利之获矣。巨贾吕不韦见秦子异人质于赵,曰:"此奇货可居。"遂不吝千金,为之经营于秦,异人卒有秦国,而不韦为相。此其事固不足道,而其以予为取,则亦商贾之雄也。汉高帝捐四万斤金与陈平,不问其出入;裂数千里地封韩、彭,无爱惜心,遂能灭项氏,有天下。刘晏造船,合费五百缗者,给千缗,使吏胥、工匠皆有赢余,由是舟船坚好,漕运无亏,足以佐唐之中兴。是皆得廉贾之术者也。东坡曰:"天下之事成于大度之士,而败于寒陋之小人。"

容 南 迁 客

高登字彦先,漳浦名儒,志节高亮。少游太学,值靖康之乱,与陈东上书,陈六贼之罪,且言金虏不可和状。绍兴间,对策鲠直,有司拟降文学,高宗不可,调静江府古县令。时秦桧当国,桧父尝宰是邑,帅胡舜陟欲立祠逢迎,彦先毅然不从。舜陟欲以危法中之,逮系讯掠,迄无罪状可指。校文潮阳,出"则将焉用彼相赋","直言不闻深可畏论",策问水灾。桧闻之大怒,谓其阴附赵鼎,削籍流容州,死焉。桧没,诸贤遭诬陷者皆昭雪,彦先以远人下士,无为言者。乾道间,梁克家始为之请;傅伯寿、朱文公守漳,又连为之请,皆格不下。余为容法曹掾,容士犹能言其风猷,传其文墨。偶摄校官,遂为立祠于学宫。同时有吴元美者,三山文士,作《夏二子赋》,讥切秦桧。其家立潜光亭、商隐堂,其怨家摘以告桧曰:"亭号潜光,盖有心于党李;堂名商隐,本无意于事秦。"李,谓泰发也。亦削籍流容州,死焉,因并祠之。彦先有《修学门庭》传于世,元美有《游勾漏洞天记》,载《容州志》。

宰 相 罢

陈应求尝告孝宗曰:"近时宰相罢去,则所用之人,不问贤否,一切屏弃。此钩党之渐,非国家之福。"赵温叔为相,多引蜀士。及罢相,有为飞语以撼蜀士者,王季海言:"一宰相去,所用者皆去,此唐季党祸之胎也,岂圣世所宜有哉!"蜀士乃安。二公之论善矣,然此为平时宰相善罢者言也,若权奸之去,则正当洗肠涤胃。若借温太真之事,为小人开一线之路,借范尧夫之言,为君子忧后来之祸,则失之矣。

紫 败 素

《战国策》:苏代曰:"齐,紫败素也,而贾十倍。"言外美而中腐,如以败素染紫也,与蜡鞭之说正相似。

王 梅 溪

王龟龄年四十七魁天下,以书报其弟梦龄、昌龄曰:"今日唱名,蒙恩赐进士及第,惜二亲不见,痛不可言,嫂及闻诗、闻礼,可以此示之。"诗、礼,其二子也。于十数字之间,上念二亲,而不以科名为喜,专报二弟,而不以妻子为先,孝友之意皆在焉。为御史,首弹史丞相浩,乞专用张浚。上为出浩帅绍兴,龟龄又上疏,言舜去四凶,未闻使之为十二牧。与胡邦衡并为左右史,相得最欢。奏补先弟而后子。尝赋《不欺》诗云:"室明室暗两奚疑,方寸常存不可欺。莫问天高鬼神恶,要须先畏自家知。"其自吏部侍郎出帅夔门也,有临安录事参军祝怀,抗疏银台,谓:"王十朋忠义謇谔,借令不容于朝,亦合置之近藩,缓急呼来,无仓卒乏使之忧,今遣往万里外,非计之得也。"虽不报,时论韪之。

太 子 参 决

孝宗之末,诏皇太子参决庶务。杨诚斋时为宫僚,上书太子曰:"民无二主,国无二君。今陛下在上,而又置参决,是国有二君也。自古未有国贰而不危者,盖国有贰,则天下向背之心生;向背之心生,则彼此之党立;彼此之党立,则谗间之言启;谗间之言启,则父子之隙开。开者不可复合，隙者不可复全。昔赵武灵王命其子何听朝，而从傍观之，魏大武命其子晃监国，而自将于外，间隙一开，四父子皆及于祸。唐太宗使太子承乾监国，旋以罪废。国朝天禧亦尝行之，若非寇准、王曾，几生大变。盖君父在上，而太子监国，此古人不幸之事，非令典也。"当时诸公皆甚其言。至绍熙甲寅，始服其先见。

师 友 制 服

胡澹庵为清节先生制师之服，张魏公为张无垢制友之服。

斩 桧 书

胡澹庵上书乞斩秦桧，金虏闻之，以千金求其书。三日得之，君臣失色曰："南朝有人。"盖足以破其阴遣桧归之谋也。乾道初，虏使来，犹问胡铨今安在。张魏公曰："秦太师专柄二十年，只成就得一胡邦衡。"

简 斋 诗

自陈、黄之后，诗人无逾陈简斋。其诗繇简古而发秾纤。值靖康之乱，崎岖流落，感时恨别，颇有一饭不忘君之意。如"南风又落宫南木，老雁孤鸣汉北洲"，"乾坤万事集双鬓，臣子一谪今五年"，"天翻地覆伤春色，齿豁头童祝圣时"，"近得会稽消息不？稍传荆渚路歧宽"，"东南鬼火成何事，终藉胡锋作争臣"，"龙沙此日西风冷，谁折黄花寿两宫"，皆可味也。

伯夷传赤壁赋

太史公《伯夷传》、苏东坡《赤壁赋》，文章绝唱也。其机轴略同。《伯夷传》以"求仁得仁，又何怨"之语设问，谓夫子称其不怨，而《采薇》之诗犹若未免于怨,何也? 盖天道无亲,常与善人,而达观古今,操行不轨者多富乐,公正发愤者每遇祸,是以不免于怨也。虽然,富贵何足求,节操为可尚,其重在此,则其轻在彼。况君子疾没世而名不称,伯夷、颜子得夫子而名益彰,则所得亦已多矣,又何怨之有?《赤壁赋》因客吹箫而有怨慕之声,似此漫问,谓举酒相属,凌万顷之茫然,可谓至乐,而箫声乃若哀怨,何也? 盖此乃周郎破曹公之地,以曹公之雄豪,亦终归于安在? 况吾与子寄蜉蝣于天地,哀吾生之须臾,宜其托遗响而悲怨也。虽然,自其变者而观之,虽天地曾不能以一瞬;自其不变者而观之,则物与我皆无尽也,又何必羡长江而哀吾生哉! 刬江风山月,用之无尽,此天下之至乐。于是洗盏更酌,而向之感慨风休冰释矣。东坡步骤太史公者也。

留　后　门

绍兴壬子冬,刘豫入寇,赵元镇当国,请高宗亲征。行次姑苏,喻子才谓元镇曰:"相公此举,有万全之策乎? 亦赌彩一掷也?"元镇曰:"利钝亦安能必? 事成则幸,不成则死之尔。"子才曰:"今若直前,万一蹉跌,退将安托? 要须留后门,则庶几进退有据。"元镇曰:"诚有之,则甚善,计将安出?"子才曰:"张枢密在福唐,若除闽、浙、江、淮宣抚使,则命到之日,便有官府军旅钱谷。彼之来路,即我之后门也。"元镇大以为然,于是魏公复用。余谓銮辂亲征,事大体重,固宜进退有据。若论兵法,则置之死地而后生矣,岂预留后六门哉? 留后门,则士不死战矣。项羽救赵,既渡,沉船破甑,持三日粮,示士必死无还心,故能破秦。

十　铭

光宗即位,谢艮斋为文昌,进《十铭》,云:"业成而难,其败或易。兢兢保之,常恐失坠。道甚简易,在尊所闻。帝王之学,匪艺匪文。畏天之威,主德为最。水旱雷风,天之仁爱。存心公正,治之所起。

毫厘之私，患及千里。妄赏不劝，妄罚不畏。赏罚大权，以妄为忌。贪吏虐民，戒石莫听。奖廉以激，捷于号令。民之疾苦，幽远难知。日访日问，犹恐或遗。财在天下，理之以义。未闻刻敛，其罪在吏。乱之所生，非止夷狄。奸回谀说，尤害于国。自治十全，乃可理外。重乃驭轻，轻动为戒。"辞简理明，时人以比李卫公《丹扆箴》。又作《劝农》，诗云："莫入州衙与县衙，劝君勤理旧生涯。池塘多放聊添税，田地深耕足养家。教子教孙须教义，栽桑栽柘胜栽花。闲非闲是都休管，渴饮清泉困饮茶。"又云："仕宦之人，南州北县。商贾之人，天涯海岸。争如农夫，六亲对面。夏绢新衣，秋米白饭。鹅鸭成群，猪羊满圈。官税早输，逍遥散诞。似此之人，直几千万。"词旨平易，足以谕俗。然其言农夫之乐，想乾淳间有之，今则甚于聂夷中之诗矣，宁复有此气象哉！

诗 用 字

作诗要健字撑拄，要活字斡旋。"红入桃花嫩，青归柳叶新"，"弟子贫原宪，诸生老伏虔"，"入"与"归"字、"贫"与"老"字，乃撑拄也。"生理何颜面，忧端且岁时"，"名岂文章著，官应老病休"，"何"与"且"字，"岂"与"应"字，乃斡旋也。撑拄如屋之有柱，斡旋如车之有轴，文亦然。诗以字，文以句。

付 与 天 地

荆公诗云："岂无他忧能老我，付与天地从今始。"朱文公每喜诵之。

读 易 亭

魏鹤山诗云："远钟入枕报新晴，衾铁衣棱梦不成。起傍梅花读《周易》，一窗明月四檐声。"后贬渠阳，于古梅下立读易亭，作诗云：

"向来未识梅生时,绕溪问讯巡檐索。绝怜玉雪倚横参,又爱清黄弄烟日。中年《易》里逢梅生,便向根心见华实。候虫奋地桃李妍,野火烧原葭莩出。方从阳壮争出门,直待阴穷排闷入。随时作计何太痴,争似此君藏用密。"推究精微,前此咏梅者未之及。

漂　　母

韩信未遇时,识之者惟萧何及淮阴漂母尔。何之英杰,固足以识信;漂母一市媪,乃亦识之,异哉!故尝谓子房狙击祖龙,意气过于轻锐,故圯上老人抑之。韩信俯出市胯,意气邻于消沮,故淮阴漂母扬之。一翁一媪,皆异人也。唐子西作《淮阴贤母墓铭》曰:"项王喑呜,范增谋谟。信来不呼,信去不追。坐视信逋,反噬其躬。匹妇区区,而知信乎?吁!"

猴　　马

唐明皇时,教坊舞马百匹,天宝之乱,流落人间。魏博田承嗣得之,初不识也,尝燕宾僚,酒行乐作,马忽起舞,承嗣以为妖,杀之。昭宗养一猴,衣以俳优服,谓之"猴部头"。朱温既篡,引至坐侧,猴忽号掷,自裂其衣,温叱令杀之。呜呼!明皇之马,有愧于昭宗之猴矣。

经　　界

朱文公守漳,将行经界,王子合疑其扰。公答书曰:"经界一事,固知不能无小扰,但以为不若此,则贫民受害无有了时。故忍而为之,庶几一劳永逸耳。若一一顾恤,必待人人情愿而后行之,则无时可行矣。绍兴间,正施行时,人人嗟怨,如在汤火中,但讫事后,田税均齐,田里安静,公私皆享其利。凡事亦要其久远如何耳。少时见所在所立土封,皆为人题作李椿年墓,岂不知人之常情,恶劳喜逸,顾以为利害之实,有不得而避者耳。禹治水,益焚山,周公驱猛兽,岂能不役人徒而坐致成功？想见当时亦须有不乐者，但有见识人须自见得利害之实，知其劳我者乃所以逸我，自不怨耳。子合议汉事甚熟，曾看高祖初定天下，萧何大治宫室；又从娄敬策徙齐、楚大姓十数万于长安，不知当时是几个土封底工夫，而不闻天下之不安，何也？"文公此论可谓明确。盖自商鞅有成大事者不知于众之说，卒以灭宗。故后之为政者，每畏拂人情，不知人情固不可拂，亦不可徇。唯当论理之是非，事之当否尔。商之迁亳，周之迁洛，何尝不拂人情？及其事久论定，然后知拂之者乃所以爱之也。司马相如曰："世必有非常之人，然后有非常之事；有非常之事，然后有非常之功。夫非常者，固常人之所异也。故曰非常之元，黎民惧焉；及臻厥成，天下晏如也。"亦见得此理。东坡嘉祐间作《思治论》曰："所谓从众者，非从众多之口也，从其不言而同然者耳。"其说最好。然厥后荆公行新法，公上书争之，乃曰："为国者未论行事之是非，先观众心之向背。"其说却有病。天下岂有悖理伤道之事，可以众心之所向而姑为之乎！宜其不足以服荆公，而指为战国纵横之学也。

南轩谏虞丞相

南轩质责虞丞相并甫不当用张说，至以京、黼面斥并甫。并甫曰："先丞相亦有隐忍就功名处，何相非之深也。"南轩曰："先公固有隐忍处，何尝用此等狎邪小人？"并甫拱手曰："某服矣，某服矣。"《语录》中载谏并甫事，无此数语，南轩亲与诚斋言之。

朱文公论诗

胡澹庵上章，荐诗人十人，朱文公与焉。文公不乐，誓不复作诗，迄不能不作也。尝同张宣公游南岳，唱酬至百余篇。忽瞿然曰："吾二人得无荒于诗乎？"杨宋卿以诗集求品题，公答之曰："诗者，志之所之，岂有工拙哉！亦观其志之高下如何耳。是以古之君子，德足以求其志，必出于高明纯一之地，其于诗固不学而能之。至于格律之精粗,用韵、属对、比事、遣词之善否,今以魏、晋以来诸贤之作考之,盖未有用意于其间者,而况于古诗之流乎! 近世作者乃始留情于此,故诗有工拙之论,葩藻之词胜,言志之功隐矣。"又曰:"古今之诗凡三变。盖自《书传》所载,虞夏以来,及汉、魏,自为一等。自晋、宋间颜、谢以后,下及唐初,自为一等。自沈、宋以后,定著律诗,下及今日,又为一等。然自唐初以前,其为诗者固有高下,而法犹未变。至律诗出,而后诗之与法始皆大变,以至今日,益巧益密,而无复古人之风矣。故尝妄欲抄取经史诸书所载韵语,下及《文选》、汉魏古词,以尽乎郭景纯、陶渊明之所作,自为一编,而附于《三百篇》、《楚辞》之后,以为诗之根本准则。又于其下二等之中,择其近于古者,各为一编,以为之羽翼舆卫。且以李、杜言之,如李之《古风》五十首,杜之《秦蜀纪行》、《遣兴》、《出塞》、《潼关》、《石濠》、《夏日》、《夏夜》诸篇,律诗则如王维、韦应物辈,亦自有萧散之趣,未至如今日之细碎卑冗无余味也。其不合者,则悉去之,不使其接于吾之耳目,而入于吾之胸次。要使方寸之中,无一字世俗言语意态,则其诗不期于高远而自高远矣。"又曰:"来喻欲漱六艺之芳润,以求真澹,此诚极至之论。然亦须先识得古今体制,雅俗向背,仍更洗涤得尽肠胃间夙生荤血脂膏,然后此语方有所措。如其未然,窃恐秽浊为主,芳润入不得也。近世诗人,只缘不曾透得此关,而规规于近局,故其所就,皆不满人意,无足深论。"又曰:"作诗须从陶、柳门庭中来乃佳,不如是,无以发萧散冲澹之趣,无由到古人佳处。"又曰:"作诗不学六朝,又不学李、杜,只学那峣溪底,便学得十分好后,把作什么用!"公之论诗,可谓本末兼该矣。公尝题广成子像云:"陈光泽见示此像,偶记李太白诗云:'世道日交丧,浇风变淳源。不求桂树枝,反栖恶木根。所以桃李树,吐花竟不言。大运有兴没,群动若飞奔。归来广成子,去人无穷门。'因写以示之。今人舍命作诗,开口便说李、杜。以此观之,何曾梦见他脚板耶?"又言:"余平生爱王摩诘诗云:'漆园非傲吏,自缺经世具。偶寄一微官,婆娑数株树。'以为不可及,而举以语人,领解者少。"观此,则公之所取,概可见矣。公尝举似所作绝句示学者云:"半亩方塘一鉴开,天光云影共徘徊。问渠那得清如许,为有源头活水来。"盖借物以明道也。又尝诵其诗示学者云:"孤灯耿寒焰,照此一窗幽。卧听檐前雨,浪浪殊未休。”曰:“此虽眼前语,然非心源澄静者不能道。”观此,则公之所作,又可概见矣。

税　沙　田

　　孝宗时,近习梁俊彦请税两淮沙田,以助军饷。上大喜,付外施行。叶子昂为相,奏曰:“沙田者,乃江滨出没之地,水激于东,则沙涨于西;水激于西,则沙复涨于东。百姓随沙涨之东西而田焉,是未可以为常也。且辛巳兵兴,两淮之田租并复,至今未征,况沙田乎?”上大悟,即诏罢之。子昂退至中书,令人逮俊彦至,叱责之曰:“汝言利求进,万一淮民怨咨,为国生事,虽斩汝万段,岂足塞责!”俊彦皇汗免冠谢,久乃释之。子昂此举,颇有申屠嘉困辱邓通,韩魏公以头子勾任守忠之遗意。大率近习畏宰相,则为盛世;宰相畏近习,则为衰世。

乙　编

乙 编 自 序

　　或曰：子记事述言，类以己意，惧贾僭妄之讥奈何？余曰："樵夫谈王，童子知国，余乌乎僭？若以为妄，则疑以传疑，《春秋》许之。"时宋淳祐辛亥四月，庐陵罗大经景纶。

乙编卷一

高 宗 配 享

　　高庙配享,洪容斋在翰苑,以吕颐浩、赵鼎、韩世忠、张俊四人为请。盖文武各用两人,出于孝宗圣意也,遂令侍从议。时宇文子英等十一人以为宜如明诏,而识者多谓吕元直不厌人望,张魏公不应独遗。杨诚斋时为秘书少监,上书争之,以欺、专、私三罪斥容斋,且言魏公有社稷大功五:建复辟之勋,一也;发储嗣之议,二也;诛范琼以正朝纲,三也;用吴玠以保全蜀,四也;却刘麟以定江左,五也。于是有旨再令详议。越数日,上忽谕大臣曰:"吕颐浩等配享正合公论,更不须议。洪迈固是轻率,杨万里亦未免浮薄。"于是二人皆求去,容斋守南徐,诚斋守高安,而魏公迄不得配食。诚斋诗云:"出却金宫入梵宫,翠微绿雾染衣浓。三年不识西湖月,一夜初闻南涧钟。藏室蓬山真昨戏,园翁溪友得今从。若非朝士追相送,何处冥鸿更有踪。"又云:"新晴在在野花香,过雨迢迢沙路长。两度立朝今结局,一生行客老还乡。犹嫌数骑传书札,剩喜千峰入肺肠。到得前头上船处,莫将白发照沧浪。"此去国时诗也,可谓无几微见于颜面矣。其冢嗣东山先生伯子跋其《论配享书稿》云:"覆羹真得皂囊书,锦水元来胜石渠。但宝银钩并铁画,何须玉带与金鱼。"盖苗、刘时乱时,矫隆祐诏贬窜魏公。高宗在昇旸宫方啜羹,左右来告,惊惧,羹覆于手,手为之伤。暨复辟,见魏公,泣数行下,举手示公,痕迹犹存。左次魏和伯子诗云:"銮坡蓬监两封书,道院东西各付渠。乾道圣人无固必,是非付与直哉鱼。"词意亦佳,但当涂乃江东道院,容斋守南徐,非当涂也。

紫窄衫

渡江以来，士大夫始衣紫窄衫，上下如一。绍兴九年，诏公卿将吏毋得以戎服临民，复用冠带。论者以为扰，于是士大夫皆服凉衫。乾道中，李献之上言："会聚之际，颜色可憎。今陛下上承两宫，宜服紫衫为便。"上从之，盖人情乐简便久矣。昔孝节先生徐仲积事母至孝，一日，竦然自省曰："吾以襕幞谒贵人，而不以见母，是敬母不如敬贵人也，不可。"乃日具襕幞揖母，人皆笑之。孝节行之终身。近时静春先生刘子澄，朱文公高弟也，守衡阳，日以冠裳莅事。宪使赵民则尝紫衫来见，子澄不脱冠裳见之。民则请免冠裳，子澄端笏肃容曰："戒石在前，小臣岂敢！"民则皇恐，退具冠裳以见，然由是不相乐。夫襕幞揖母，冠裳临民，常事也，而世俗且笑之。至于紫窄袖衫，乃戎服也，出于兵兴一时权宜，而相承至今不能改，然则古道何时而可复乎？

非 孟

李泰伯著《常语》非孟子，后举茂材，论题出"经正则庶民兴"，不知出处，曰："吾无书不读，此必《孟子》中语也。"掷笔而出。晁说之亦著论非孟子，建炎中，宰相进拟除官，高宗曰："《孟子》发挥王道，说之何人，乃敢非之！"勒令致仕。郑叔友著《崇正论》，亦非孟子，曰："轲，忍人也，辨士也，仪、秦之流也。战国纵横捭阖之士，皆发冢之人，而轲能以诗礼者也。"余谓孟子以仪、秦之齿舌，明周、孔之肺肠，的切痛快，苏醒万世，此何可非！泰伯所以非之者，谓其不当劝齐、梁之君以王耳。昔武王伐纣，举世不以为非，而伯夷、叔齐独非之。东莱吕先生曰："武王忧当世之无君者也，伯夷忧万世之无君者也。"余亦谓孟子忧当世之无君者也，泰伯忧万世之无君者也。此其特见卓论，真可与夷、齐同科，至于说之、叔友，拾其遗说而附和之，则过矣。

匹　士　光　国

平原孟尝君养天下客,而未尝得一客;张汤、公孙弘接天下士,而未尝得一士。鲁仲连固不肯与鸡鸣狗盗者伍也,汲长孺固不肯与奴颜婢息者齿也。若得一鲁仲连,则一客可以敌千客;若得一汲长孺,则一士可以埒千士。故山谷诗曰:“匹士能光国,三屦不满隅。”

不　交　近　习

不主痈疽、瘠环,所以为孔子;不礼臧仓、王驩,所以为孟子。宋璟不与内侍交语,明皇深加奖叹。杜悰不从监军请选娼女入宫,武宗知其有宰相才。范纯夫为谏官,东邻宦官陈衍园亭在焉,衍每至园中,不敢高声,谓其徒曰:“范谏议一言到上前,吾辈不知死所矣。”此其所以为范纯夫也,此其所以为元祐也。王黼为宰相,与宦者梁师成邻居,密开后户往来。徽宗幸黼第,徘徊观览,偶见之,大不乐。此其所以为王黼,此其所以为崇、观、政、宣也。

王定国赵德麟

东坡于世家中得王定国,于宗室中得赵德麟,奖许不容口。定国坐坡累,谪宾州。瘴烟窟里五年,面如红玉,尤为坡所敬服。然其后乃阶梁师成以进,而德麟亦谄事谭稹。绍兴初,德麟主管大宗正司,有旨令易环卫官,宰相吕颐浩奏曰:“令畤读书能文,苏轼尝荐之,似不须易。”高宗曰:“令畤昔事谭稹,为清议所薄。”竟易之。士大夫晚节持身之难如此。余观屈平之《骚经》曰:“兰芷变而不芳兮,荃蕙化而为茅。何昔日之芳草兮,今直为此萧艾也?岂其有他故兮,莫好修之害也!”朱文公释之曰:“世乱俗薄,士无常守,乃小人害之。而以为莫如好修之害者,何哉?盖由君子好修而小人嫉之,使不容于当世,故中材以下,莫不变化而从俗,则是其所以致此者,反无有如好修之为害也。"呜呼！其崇、观、政、宣之时乎，宜二子之改节易行也。

妒 妇 喻

张无垢在越上作幕官，不请供给钱；在馆中进书，不肯转官，人皆以为好名之过。无垢曰："既请月俸，又受供给，偶然进书，又便受赏，于我心实有不安，此亦本分事，何名之好！贪者往往不曾寻思，此心病也。心有病，人安得知？我知之，当自医。别人既不自知病，反恶人医病，犹妇人妒者，非特妒其夫，又且妒人之夫，其惑甚矣。"无垢此喻甚切。世降俗薄，贪浊成风，反相与嗤笑廉者；谀佞成风，反相与嗤笑直者；软熟成风，反相与嗤笑刚者；竞进成风，反相与嗤笑恬退者；侈靡成风，反相与嗤笑俭约者；傲诞成风，反相与嗤笑谦默者。贾子云："莫邪为钝兮，铅刀为铦。"东坡云："变丹青于玉莹兮，乃反谓子为非智。"风俗至于如此，岂不可哀！

诛 曦 诏

安子文与杨巨源、李好义合谋诛逆曦，矫诏之词曰："惟干戈省厥躬，朕既昧圣贤之戒；虽犬马识其主，尔乃甘夷虏之臣。邦有常刑，罪在不赦。"词旨明白，乃好义姊夫杨君玉之词也。曦年十许岁时，其父挺尝问其志，曦有不臣之语。其父怒，蹴之炉火中，灼其面，号"吴巴子"云。

古 人 称 字

魏鹤山云："古人称字者，最不轻。《仪礼》：子孙于祖祢皆称字。孔门诸子多称夫子为仲尼。子思，孙也；孟子，又子思弟子也，亦皆称仲尼。虽今人亦称之，而人不为怪。游、夏之门人皆字其师。汉初唯子房一人得称字，中世有字其诸父、字其诸祖者，近世犹有后学呼退之，儿童诵君实之类。"观鹤山此说，古人盖以称字为至重。今世唯平交乃称字,稍尊稍贵者,便不敢以字称之,与古异矣。鲁哀公诔孔子,亦曰"尼父",则君亦可以字臣。周益公谓先君曰:"寿皇每称东坡,唯曰子瞻而不名,其钦重如此。"

静　重

大凡应大变、处大事,须是静定凝重,如周公之"赤舄几几"是也。汉武帝因不移步识霍光,因不转眄识金日磾,亦是窥见他静定凝重处,故逆知其可以托孤寄命。韩魏公之凝立,亦此类也。欧阳公所谓"垂绅正笏,不动声色,而措天下于泰山之安",形容得最好。然魏公亦只是天资。至如司马公,则加以学力,尤不可及。如更新法,傅钦之、苏子瞻劝其防后患,公起立拱手,仰视厉声曰:"天若祚宋,必无此事!"此必有大力量,方能为此言。张宣公云:"使某当时应答,不过曰:'苟利社稷,遑恤其他!'只如此说已自好,安能如公之言,更不论一己利害。相其平日所养,故临事发言,能如是中理,虽圣人不过如此说,近于终条理者矣。"

问寝龙楼

绍熙甲寅,光宗以疾不能过宫,吾郡尹德邻初参太学,帝引诗题出"问寝龙楼晓"。德邻诗云:"父母人皆有,仪刑自冕旒。问安趋燕寝,拂晓过龙楼。鹤驾严晨卫,鸡人彻夜筹。慈闱天语接,飞栋月华收。万姓齐呼舞,三宫款献酬。小儒忧国切,几白九分头。"学官击节,一时传诵。

自 家 他 家

象山与罗春伯书云:"宇宙无际,天地开辟,本只一家。来书乃谓自家屋里人,不亦陋乎!谓之自家,不知孰为他家?古人但问是非邪正,不问自家他家。君子之心,未尝不欲其去非而就是,舍邪而适正。

其怙终不悛,则当为夬之上六矣。舜于四凶,孔子于少正卯,亦治其家人耳。"象山此论,可谓浑厚高明。且以我朝言之,自庆历以前,无君子小人之名,所谓本只一家者也,故君子不受祸。自庆历以后,君子小人之名始立,则有自家他家之分矣。故君之受祸,一节深于一节。

冬 至 奏 对

丁常任,毗陵人,淳熙间为郎。冬至日,上殿奏对,玉音曰:"晓来云物甚奇,卿曾见否?"常任实不曾见,即对曰:"岂惟臣见之,四海万姓皆见之。"孝宗大喜,曰:"卿对甚伟。"命除淮漕。

诗 家 喻 愁

诗家有以山喻愁者,杜少陵云"忧端如山来,澒洞不可掇",赵嘏云"夕阳楼上山重叠,未抵春愁一倍多"是也。有以水喻愁者,李颀云"请量东海水,看取浅深愁",李后主云"问君都有几多愁,恰似一江春水向东流",秦少游云"落红万点愁如海"是也。贺方回云:"试问闲愁知几许,一川烟草,满城风絮,梅子黄时雨。"盖以三者比之愁多也,尤为新奇,兼兴中有比,意味更长。

经 总 钱

宣和中,大盗方腊扰浙中,王师讨之。命陈亨伯以发运使经制东南七路财赋。因建议如卖酒、鬻糟、商税、牙税与夫头子钱、楼店钱,皆少增其数,别历收系,谓之"经制钱"。其后卢宗原颇附益之。至翁彦国为总制使,仿其法,又收赢焉,谓之"总制钱"。靖康之初,尝诏罢之。军兴,议者再请施行,色目寖广,视宣和有加焉。以迄于今,为州县大患。初,亨伯之作俑也,其兄闻之,哭于家庙,谓剥民产,怨祸必及子孙。厥后叶正则作外台,谓必尽去经、总制钱,而后天下乃可为,治平乃可望。然中兴百年,非无圣君贤相,未闻有议及此者,是独何也?

论　　语

杜少陵诗云:“小儿学问止《论语》,大儿结束随商贾。”盖以《论语》为儿童之书也。赵普再相,人言普山东人,所读者止《论语》,盖亦少陵之说也。太宗尝以此论问普,普略不隐,对曰:“臣平生所知,诚不出此。昔以其半辅太祖定天下,今欲以其半辅陛下致太平。”普之相业,固未能无愧于《论语》,而其言则天下之至言也。朱文公曰:“某少时读《论语》便知爱,自后求一书似此者,卒无有。”

本　政　书

林勋,贺州人,绍兴中登进士第。尝进《本政书》,欲渐复三代井田之法,大略谓:五尺为步,步百为亩,亩百为顷,顷九为井;井方一里,井十为通,通十为成;成方十里,成十为终,终十为同;同方百里,一同之地,提封万井,实为九万顷。三分去二,为城郭市井、官府道路、山林川泽,与夫硗确不毛之地。定其可耕与为民居者三千四百井,实为三万六百顷。一顷之田,二夫耕之。夫田五十亩,余夫亦如之,总二夫之田,则为百亩。百亩之收,平岁为米五十石;上熟之岁,为米百石。二夫以之养数口之家,盖裕如矣。总八顷之税,为米十有六石,钱三贯二百文,此之谓什一。井复一夫之税,以其人为农正,掌劝督耕耨赋税之事,但收十有五夫之税,总计三千四百井之税,为米五万一千石,为钱一万二千贯,以此为一同之率。一顷之居,其地百亩,十有六夫分之。夫宅五亩,总十有六夫之宅,为地八十亩。余二十亩以为社学场圃,一井之人共之,使之朝夕群居,以教其子弟。然贫富不等,未易均齐,夺有余以补不足,则民骇矣。今宜立之法,使一夫占田五十亩以上者为良农,不足五十亩者为次农,其无田而为闲民,与非工商在官而为游惰末作者,皆为驱之使为隶农。良农一夫以五十亩为正田,以其余为羡田。正田毋敢废业,必躬耕之。其有羡田之家,则无得买田,唯得卖田。至于次农,则无得卖田,而与隶农皆得买羡田,以足一夫之数,而升为良农。凡次农、隶农之未能买田者,皆使之分耕良农之羡田,各如其夫之数,而岁入其租于良农。如其俗之故,非自能买田及业主自收其田,皆毋得迁业。若良农之不愿卖羡田者,宜悉俟其子孙之长而分之,官毋苟夺以贾其怨。少须暇之,自合中制矣。其书大略如此。朱文公、张宣公皆喜其说,谓其有志复古。然今时欲行经界,尚以为难,况均田乎?

元 子 宗 子

横渠《西铭》曰:"大君者,父母之宗子。"其说本于召公。《召诰》曰:"有王虽小,元子哉!"又曰:"皇天上帝,改厥元子。"元子即宗子也。武王誓师之辞曰:"亶聪明,作元后,元后作民父母。"余谓父母之说,不如元子、宗子之说意味深长。盖谓之元子、宗子,则天父地母临之于上,诸弟之颠连无告者责望于下,非特恻然于同胞之爱,且有所严惮而不敢隳其职分矣。

六 和 塔 诗

李彊父为昭文相,尝出六和塔,题诗云:"往来塔下几经秋,每恨无从到上头。今日登临方觉险,不如归去卧林丘。"彊父为相清正,谨守规矩,自奉如寒士,书卷不释手。薨于位,谥文清。

湖 州 生 祠

嘉定间,杨伯子为湖州守,弹压豪贵,牧养小民,治声赫然,为三辅冠。郡之士相与肖像祠于学宫,与工部尚书戴少望并祠。伯子意不悦,会除浙东庾节,将行,辞先圣先师礼毕,与教官诸生坐于讲堂,命取所祠画像来,题诗其上,云:"面有忧民色,天知报国心。三年风月少，两鬓雪霜深。更莫留形迹，何曾废古今。不如随我去，相伴老山林。"遂卷藏而行。当时士子有戏和其诗者，末句云："可怜戴工部，独树不成林。"

黄陵庙诗

陆士规布衣，工诗，秦桧喜之。尝挟秦书干临川守，馈遗不满意，升堂嫚骂。官惧，以书白秦自解。秦怒陆甚，陆请见，不出，然犹令其子小相者见之，问其近作。陆诵其《黄陵庙》一绝，云："东风吹草绿离离，路入黄陵古庙西。帝子不知春又去，乱山无主鹧鸪啼。"小相入诵之，秦吟赏再四，即命请见，待之如初。

杀人手段

宗杲论禅云："譬如人载一车兵器，弄了一件，又取出一件来弄，便不是杀人手段。我则只有寸铁，便可杀人。"朱文公亦喜其说。盖自吾儒言之，若子贡之多闻，弄一车兵器者也；曾子之守约，寸铁杀人者也。

诗互体

杜少陵诗云："风含翠篠娟娟净，雨裛红蕖冉冉香。"上句风中有雨，下句雨中有风，谓之互体。杨诚斋诗云："绿光风动麦，白碎日翻池。"亦然上句风中有日，下句日中有风。

陈黄送秦少章

韩文公作《欧阳詹哀词》云："詹，闽人也。父母老矣，舍朝夕之养以来京师。其心将以有得于是，而归为父母荣也。虽其父母之心亦然，詹在侧，虽无离忧，其志不乐也。詹在京师，虽有离忧，其志乐也。"山谷《送秦少章从苏公学》云:"斑衣儿啼真自乐,从师学道也不恶。但使新年胜故年,即如常在郎罢前。"后山云:"士有从师乐,诸儿却未知。欲行天下独,信有俗间疑。秋入川原秀,风连鼓角悲。目前豚犬类,未必慰亲思。"二诗皆用韩意,而后山之味永。陆象山云:"男子生而以桑弧蓬矢射天地四方,示有四方之志,此其父母教之望之第一义也。颜子之家,一箪食,一瓢饮,在人不堪忧之之地,而其子乃从其师周游天下,履宋、卫、陈、蔡之厄而不以为悔。此岂俚俗之人、拘曲之士所能知其义哉!盖诚使此心无所放失,无所陷溺,全天之所予而无伤焉,则千万里之远,无异于亲膝。不然,虽日用三牲之养,犹为不孝也。"象山此说,尤更精透。

住 山 僧

有僧住山,或谋攘之。僧乃挂草鞋一双于方丈前,题诗云:"方丈前头挂草鞋,流行坎止任安排。老僧脚底从来阔,未必枯骸就此埋。"余谓士大夫去就亦当如此。杨诚斋立朝时,计料自京还家之橐费,贮以一箧,钥而置之卧所。戒家人不许市一物,恐累归担,日日如促装者。余又闻昔有京尹,忘其名,不携家,唯弊箧一担。每晨起,则撤帐卷席;食毕,则洗钵收箸,以拄杖撑弊箧于厅事之前,常若逆旅人将行者。故击搏豪强,拒绝宦寺,悉无所畏。余曩在太学,尝馆于一贵人之门。一日,命市薪六百券,有卒微哂,谓其徒曰:"朝士今日不知明日事,乃买柴六百贯耶!"余因窃叹:士大夫之见,有不如此卒者多矣!

奏 疏 贵 简

刘平国云:"奏疏不必繁多,为文但取其明白,足以尽事理,感悟人主而已。"此论极好,如《伊训》、《说命》、《无逸》、《立政》所未论,只如诸葛孔明《前》、《后出师表》,何尝费词。近时如张宣公自都机入奏三札,陆象山为删定官轮对五札,皆可法。

闲 居 交 游

自古士之闲居野处者,必有同道同志之士相与往还,故有以自乐。陶渊明《移居》诗云:"昔欲居南村,非为卜其宅。闻多素心人,乐与数晨夕。"又云:"邻曲时来往,抗言谈在昔。奇文共欣赏,疑义相与析。"则南村之邻,岂庸庸之士哉。杜少陵在锦里,亦与南邻朱山人往还,其诗云:"锦里先生乌角巾,园收芋栗未全贫。惯看宾客儿童喜,得食阶除鸟雀驯。秋水才深四五尺,野航恰受两三人。白沙翠竹江村暮,相送柴门月色新。"又云:"相近竹参差,相过人不知。幽花欹满径,野水细通池。归客村非远,残尊席更移。看君多道气,从此数追随。"所谓朱山人者,固亦非常流矣。李太白《寻鲁城北范居士误落苍耳中》诗云:"忽忆范野人,闲园养幽姿。"又云:"还倾四五酌,自咏《猛虎词》。近作十日欢,远为千载期。风流自簸荡,谑浪偏相宜。"想范野人者,固亦可人之流也。

废 心 用 形

《列子》曰:"仲尼废心而用形。"渊明诗云:"形迹凭化往,灵府长独闲。"说得更好。盖其自彭泽赋归之后,洒然悟心为形役之非,故其言如此。果能行此,则静亦静,动亦动,虽过化存神之妙,不外是矣。谓渊明不知道,可乎?

乙编卷二

红　友

常州宜兴县黄土村,东坡南迁北归,常与单秀才步田至其地。地主携酒来饷曰:"此红友也。"坡曰:"此人知有红友,而不知有黄封,可谓快活。"余尝因是言而推之,金貂紫绶诚不如黄帽青蓑,朱毂绣鞍诚不如芒鞋藤杖,醇醪豢牛诚不如白酒黄鸡,玉户金铺诚不如松窗竹屋。无他,其天者全也。

韩平原客

韩平原客为南海尉,延一士人作馆客,甚贤而文。既别,音问杳不通。平原当国,常思其人。一日,忽来上谒,盖已改名登第数年矣。一见欢甚,馆遇极厚。尝夜阑酒罢,平原屏左右,促膝问曰:"某谬当国秉,外边议论若何?"其人太息曰:"平章家族危如累卵矣,尚复何言?"平原愕然问故,对曰:"是不难知也。椒殿之立,非出于平章,则椒殿怨矣。皇子之立,非出于平章,则皇子怨矣。贤人君子,自朱熹、彭龟年、赵汝愚而下,斥逐贬死,不可胜数,则士大夫怨矣。边衅既开,三军暴骨,孤儿寡妇之哭声相闻,则三军怨矣。并边之民死于杀掠,内地之民死于科需,则四海万姓皆怨矣。丛是众怨,平章何以当之?"平原默然久之,曰:"何以教我?"其人辞谢再三。固问,乃曰:"仅有一策:主上非心黄屋,若急建青宫,开陈三圣家法,为揖逊之举,则皇子之怨可变而为恩;而椒殿退居德寿,虽怨无能为矣。于是辅佐新君,焕然与海内更始,囊时诸贤,死者赠恤,生者召擢。遣使聘虏,释怨请和,以安边境。优犒诸军,厚恤死士,除苛解嬺,尽去军兴无名之赋,使百姓有更生之意。然后选择名儒,逊以相位,乞身告老,为绿野之游，则易危为安，转祸为福，或者其庶几乎！"平原犹豫不能决，欲留其人处以掌故，其人力辞，竟去。未几祸作。

咏　鸥

杜少陵诗云："鸥行炯自如。"形容甚妙。如《召南》大夫节俭正直，而退食委蛇；彼都人士，行归于周，而从容有常，皆炯自如者也。

老　瓦　盆

杜少陵诗云："莫笑田家老瓦盆，自从盛酒长儿孙。倾银注玉惊人眼，共醉终同卧竹根。"盖言以瓦盆盛酒，与倾银壶而注玉杯者同一醉也，尚何分别之有？由是推之，蹇驴布鞯与金鞍骏马同一游也，松床莞席与绣帷玉枕同一寝也。知此，则贫富贵贱可以一视矣。昔有仆嫌其妻之陋者，主翁闻之，召仆至，以银杯、瓦碗各一，酌酒饮之，问曰："酒佳乎？"对曰："佳。""银杯者佳乎？瓦碗者佳乎？"对曰："皆佳。"主翁曰："杯有精粗，酒无分别。汝既知此，则无嫌于汝妻之陋矣。"仆悟，遂安其室。少陵诗意正如此。而一本乃改"玉"字作"瓦"字，失之矣。

去　妇　词

李太白《去妇词》云："忆昔初嫁君，小姑才倚床。今日妾辞君，小姑如妾长。回头语小姑，莫嫁如兄夫。"古今以为绝唱。然以余观之，特忿恨决绝之词耳，岂若《谷风》去妇之词曰"毋逝我梁，毋发我笱"，虽遭放弃而犹反顾其家，恋恋不忍乎！乃知《国风》优柔忠厚，信非后世诗人所能仿佛也。古今赋昭君词多矣，唯白乐天云："汉使却回凭寄语，黄金何日赎蛾眉？君王若问妾颜色，莫道不如宫里时。"前辈以为高出众作之上，亦谓其有恋恋不忘君之意也。欧阳公《明妃词》自以为胜太白，而实不及乐天。至于荆公云"汉恩自浅胡自深，人生乐在相知心",则悖理伤道甚矣。杜子美儒冠忍饿,垂翅青冥,残杯冷炙,酸辛万状,不得已而去秦,然其诗曰"尚怜终南山,回首清渭滨",恋君之意蔼然溢于言外。其为千载诗人之冠冕,良有以也。魏鹤山云:"处人伦之变,当以《三百五篇》为正。《考槃》、《小宛》之为臣,《小弁》、《凯风》之为子,《燕燕》、《谷风》之为妇,《终风》之为母,《柏舟》之为宗臣,《何人斯》之为友,皆不遇者也。而责己重以周,待人轻以约,优柔谆切,怨而不怒,忧而不敢疏也。东坡在黄、在惠、在儋,不患不伟,患其伤于太豪,便欠畏威敬怒之意。如'兹游最奇绝,所欠唯一死'之类,词气不甚平。又如《韩文公庙碑》诗云:'作书诋佛讥君王,要观南海窥衡湘。'方作谏书时,亦冀谏行而迹隐,岂是故为诋讥,要为南海之行。盖后世词人多有此意,如'去国一身,高名千古'之类,十有八九若此,不知君臣义重,家国忧深。圣贤去鲁、去齐,不若是恝者,非以一去为难也。"此论精矣。

杨　太　真

武惠妃薨,明皇悼念不已,后宫数千无当意者。或言寿王妃杨氏之美,绝世无双。帝见而悦之,乃令妃自以其意乞为女官,号"太真",更为寿王娶韦昭训女。潜纳太真宫中,宠遇如惠妃,册为贵妃,与卫宣公纳伋之妻无以异。白乐天《长恨歌》云:"杨家有女初长成,养在深闺人未识。天生丽质难自弃,一朝选在君王侧。"为尊者讳也。近时杨诚斋《题武惠妃传》云:"桂折秋风露折兰,千花无朵可天颜。寿王不忍金宫冷,独献君王一玉环。"词虽工,意亦未婉。唯李商隐云:"龙池赐酒敞云屏,羯鼓声高众乐停。夜半宴归宫漏永,薛王沉醉寿王醒。"其词微而显,得风人之体。

迁　谪　量　移

士大夫危言峻节,迁谪凄凉,晚岁收用,衰落惩创,刓方为圆者多矣。吕子约谪庐陵量移高安,杨诚斋送行诗云:"不愁不上青霄去,上了青霄莫爱身。"盖祖杜少陵送严郑公云："公若居台辅,临危莫爱身。"然以之送迁谪流徙之士,则意味尤深长也。

隐 士 出 山

晁以道与陈叔易俱隐嵩山,叔易被召出山,以道作诗云："处士何人为作牙,尽携猿鹤到京华。故山岩壑应惆怅,六六峰前只一家。"籍溪胡原仲除正字,朱文公寄诗云："先生去上芸香阁,阁老新峨豸角冠。留取幽人卧空谷,一川风月要人看。"阁老,刘共父也。二诗相似,然以道后亦出山,时人反以此诗嘲之。文公卷舒以道,难进易退,高节全名,师表百世,乃知终南、少室之流,与有道之士,正不可同年语也。

批 答 援 引

东坡批答吕大防辞免恩命云："卿有盗贼夷狄之虞,仓廪礼乐之叹,阴阳风雨之忧。此三者,诚当今之大计。孟子曰:'责难于君谓之恭。'夫既以责其君,而不以身任之,非仁人也。"盖援其所自言者以勉之。近时真西山批答参政楼钥乞致仕不允云："夫七十致仕,虽著于经,二三大臣,难拘此制。卿昔代言,尝以是却臣邻之请矣,岂今日遂忘斯谊乎?"此又切矣。

物 畏 其 天

颍滨释《庄子》曰："鱼不畏网罟而畏鹈鹕,畏其天也。"物之畏其天,诚有可怪者。余里中一村童,尝见大蛙十数,聚于污池丛棘之下。欲前捕之,熟视,乃一巨蛇蟠棘下,以恣啖群蛙;群蛙凝立待啖,不敢动。又村叟见蜈蚣逐一蛇,行甚急,蜈蚣渐近,蛇不复动,张口以待,蜈蚣竟入其腹。逾时而出,蛇已毙矣。村叟弃蛇于深山中,逾旬往视之,小蜈蚣无数,食其腐肉。盖蜈蚣产卵于蛇腹中也。余又尝见一蜘蛛，逐蜈蚣甚急，蜈蚣逃入篱抢竹中。蜘蛛不复入，但以足跨竹上，摇腹数四而去。伺蜈蚣久不出，剖竹视之，蜈蚣已节节烂断如鲝酱矣。盖蜘蛛摇腹之时，乃洒溺以杀之也。物之畏其天有如此者。夫蛇之恣啖群蛙，自以为莫己敌矣，而不知蜈蚣之能涉其腹也；蜈蚣之毙蛇育子，自以为莫吾御矣，而不知蜘蛛之能醢其躯也。世之人昂昂然以凶毒自多者，可以观矣。且蛙之不能敌蛇，固也。蜈蚣小于蛇矣，而能制蛇；蜘蛛小于蜈蚣矣，而能制蜈蚣。物岂专以小大为强弱哉！

诗 用 助 语

诗用助语，字贵妥帖。如杜少陵云："古人称逝矣，吾道卜终焉。"又云："去矣英雄事，荒哉割据心。"山谷云："且然聊尔耳，得也自知之。"韩子苍云："曲槛以南青嶂合，高堂其上白云深。"皆浑然帖妥。吾郡前辈王才臣云："并舍者谁清可喜，各家之竹翠相交。"曾幼度云："不可以风霜后叶，何伤于月雨余云。"亦佳。

存 问 逐 客

李泰发忤秦桧，贬海上，雷州守王彦恭存问周馈甚至。桧闻之，贬彦恭。辰阳陆升之，泰发侄婿也，告讦泰发家事，得删定官。桧死，彦恭复官，升之贬雷州。胡澹庵谪岭南，士大夫多凌蔑之，否则畏避之。方滋字务德，本亦桧党，待之独有加礼。澹庵深德之。桧死，其党皆逐。务德入京谋一差遣不可得，栖栖旅馆。澹庵偶与王梅溪语及其事，梅溪曰："此君子也。"率馆中诸公访之，且揄扬其美，务德由此遂晋用。由此观之，君子赢得做君子，小人枉了做小人。

野 服

朱文公晚年以野服见客，榜客位云："荥阳吕公尝言京洛致仕官与人相接，皆以闲居野服为礼，而叹外郡之不能然。其旨深矣。某已叨误恩，许致其事，本未敢遽以老夫自居；而比缘久病，艰于动作，遂不免遵用旧京故俗，辄以野服从事。然上衣下裳，大带方履，比之凉衫，自不为简。其所便者，但取束带足以为礼，解带足以燕居，且使穷乡下邑，得以复见祖宗盛时京都旧俗如此之美也。"余尝于赵季仁处见其服，上衣下裳：衣用黄白青皆可，直领，两带结之，缘以皂，如道服，长与膝齐。裳必用黄，中及两旁皆四幅，不相属，头带皆用一色，取黄裳之义也。别以白绢为大带，两旁以青或皂缘之。见侪辈则系带，见卑者则否。谓之野服，又谓之便服。

而 已 失 官

宝庆初元，洪舜俞为考功郎，应诏言事，词旨剀切。真西山谓陈正甫曰："读洪考功封事，某殊有愧色。"其封事中论台谏失职云："月课将临，笔不敢下，称量议论之异同，揣摩情分之厚薄，可否未决，吞吐不能。其相率勇往而不顾者，恭请圣驾款谒景灵宫而已。"台臣摘以为言，谓祗见宗庙，此重事也，而洪某乃言"款谒景灵宫而已"，词语嫚易，有轻宗庙之意，遂遭罢黜，仍镌三官。舜俞有诗云："不得之乎成一事，却因而已失三官。"

函 首 诗

庶人之仇，释《礼记》者谓可尽五世，矧有天下者乎！齐襄复九世之仇，《春秋》大之。我国家之于金虏，盖百世不共戴天之仇也。开禧之举，韩侂胄无谋浪战，固可罪矣。然乃至函其首以乞和，何也？当时太学诸生之诗曰："晁错既诛终叛汉，於期已入竟亡燕。"此但以利害言耳，盖未尝以名义言也。譬如人家子孙，其祖父为人所杀，其田宅为人所吞，有一狂仆佐之复仇，谋疏计浅，迄不能遂，乃归罪此仆，送之仇人，使之甘心焉，可乎哉？

前 褒 后 贬

韩昌黎上大尹李实书云："愈来京师，于今十五年，所见公卿大臣不可胜数，皆能守官奉职，无过失而已，未见有赤心事上忧国如阁下者。今年以来，不雨者百有余日。种不入土，野无青草，而盗贼不敢起，谷价不敢贵，百坊百二十司、六军二十四县之人，皆若阁下亲临其家。老奸宿赃，销缩摧沮，魂亡魄散，影灭迹绝。非阁下条理镇服，布宣天子威德，其何能及此！"其后作《顺宗实录》乃云："实谄事李齐运，骤迁至京兆尹，恃宠强愎，不顾邦法。是时大旱，畿甸乏食，实一不以介意，方务聚敛征求，以给进奉。每奏对辄曰：'今年虽旱，而谷甚好。'由是租税皆不免。陵轹公卿，勇于杀害，人不聊生。及谪通州长史，市里欢呼，皆袖瓦砾遮道伺之。"与前书一何反也。岂书乃过情之誉，而史乃纪实之辞耶？然退之古君子，单辞片语必欲传信，宁可妄发！而誉之过情乃至于此，是不可晓也。近时汪彦章投李伯纪启云："孤忠贯日，正二仪倾侧之中；凛气横秋，挥万骑笑谈之顷。"又云："士讼公冤，咸举幡而集阙下；帝从民望，令免胄以见国人。"其赞美至矣。及居翰苑，草伯纪谪词，乃云："朋奸罔上，有虞必去于骓兜；欺世盗名，孔子先诛于正卯。"又云："专杀尚威，伤列圣好生之德；信谗喜佞，为一时群小之宗。"与前启又何反也。伯纪真君子，而丑诋至此。嘻！其甚矣。当时亦有以此问彦章者，彦章云："我前启自直一翰林学士，而彼不我用，安得不丑诋之！"是可笑也。退之之于李实，岂亦若是耶？然李实真小人，与伯纪不同。退之失于前之过誉，彦章失于后之过毁。誉犹可过也，毁不可过。

春 风 花 草

杜少陵绝句云："迟日江山丽，春风花草香。泥融飞燕子，沙暖睡鸳鸯。"或谓此与儿童之属对何以异？余曰：不然。上二句见两间莫非生意，下二句见万物莫不适性。于此而涵泳之，体认之，岂不足以感发吾心之真乐乎！大抵古人好诗，在人如何看，在人把做甚么用。如"水流心不竞，云在意俱迟"、"野色更无山隔断，天光直与水相通"、"乐意相关禽对语，生香不断树交花"等句，只把做景物看亦可，把做道理看，其中亦尽有可玩索处。大抵看诗，要胸次玲珑活络。

旌　忠　庄

韩世忠尝议买新淦县官田，高宗闻之，御札特以赐世忠，其词云："卿遇敌必克，克且无扰。闻卿买新淦田为子孙计，今举以赐卿，聊旌卿之忠。"故其庄号"旌忠"。盖当时诸将各以姓为军号，如"张家军"、"岳家军"之类，朝廷颇疑其跋扈。闻其买田，盖以为喜，故特赐之。世忠之买田，亦未必非萧何之意也。"克且无扰"四字，可谓要言，如王全斌辈，非不克，奈扰何？信能行此四字，虽古名将，何以加诸！

三　将

汉惟一赵充国，唐惟一王忠嗣，本朝惟一曹彬，有三代将帅气象。唐人诗云："泽国山河入战图，生民何计乐樵苏。凭君莫话封侯事，一将功成万骨枯。"读之可为酸鼻。

彤　庭　分　帛

杜少陵诗云："彤庭所分帛，本自寒女出。鞭挞其夫家，聚敛贡城阙。圣人筐篚恩，实欲邦国活。臣如忽至理，君岂弃此物。"即尔俸尔禄，民膏民脂之意也。士大夫诵此，亦可以悚然惧、恻然思矣。余尝见州郡迓新者，设饰甚费，因成诗云："赤子须摩抚，红尘几送迎。幕张云匼匝，车列鉴鲜明。岂是朘民血，空教适宦情。忍闻分竹者，竭泽自求盈。"

血　山

充王假山成，请宫僚观之，姚坦熟视曰："此血山耳。"开宝塔成，田锡上疏曰："众以为金碧荧煌，臣以为涂膏衅血。"

吾心如秤

诸葛孔明曰："吾心如秤，不能为人作轻重。"至哉言乎！信能此，则吾心即造化也。杀之而不怨，利之而不庸，己不劳而万物服矣。乃知孔明长啸草庐时，其所讲不在伊、吕下。杜少陵云："伯仲之间见伊吕，指挥若定失萧曹。"可谓识孔明心事矣。或谓既比之以伊、吕矣，又比之以萧、曹，何也？余曰：不然。下句盖惜其指挥未定而死耳，使其指挥若定，则虽萧、曹且不能当，况司马仲达乎？指挥盖措置经画也，如兵民杂耕，留屯久驻之类。失犹无也，故末句有志决身歼之叹。

韩范用兵

郭仲晦云：用兵以持重为贵。盖知彼知己，先为不可胜以待敌之可胜，此百战百胜之术也。昔韩、范二公在五路，韩公力于战，范公则不然，曰："吾唯知练兵、选将、积谷、丰财而已。"余观《东轩笔录》载：韩公欲五路进兵以袭平夏，范公不可。韩公遣尹师鲁至庆州，约进兵，范公曰："我师新败，士卒气沮，但当谨守，以观其变，岂可轻兵深入！"师鲁叹曰："公于此乃不及韩公。韩公尝云：大凡用兵，当先置胜负于度外。公何区区过慎如此！"范公曰："大军一动，万命所悬，乃可置于度外乎？"师鲁不能强而还。韩公遂举兵，次好水川。元昊设伏，我师陷没，大将任福死之。韩公遽还，至半途，亡者之父兄妻子数千人，号于马首，持故衣纸钱，招魂而哭曰："汝昔从招讨出征，今招讨归，而汝死矣；汝之魂识，亦能从招讨以归乎！"哀恸之声震天地。

韩公掩泣，驻马不能进。范公闻之，叹曰："当是时，难置胜负于度外也！"国朝人物，当以范文正为第一，富、韩皆不及。富公欲诛晁仲约，其见亦不逮范公。余尝有诗云："奋髯要斩高邮守，攘臂甘驱好水军。到得绕床停箸日，始知心服范希文。"

天佑忠贤

刘元城贬梅州，章惇辈必欲杀之。郡有土豪，凶人也，以资得官，往来京师，见章惇，自言能杀元城。惇大喜，即除本路转运判官。其人驱车速还。及境，郡守遣人告元城。元城略处置后事，与客笑谈饮酒以待之。至夜半，忽闻钟声，问之，则其人已呕血死矣。秦桧晚年，尝一夕秉烛独入小阁，治文书至夜半。盖欲尽杀张德远、胡邦衡诸君子凡十一人。区处既定，只俟明早奏行之。四更忽得疾，数日而卒。桧父尝为静江府古县令，守帅胡舜陟欲为桧父立祠于县，以为逢迎计。县令高登，刚正士也，坚不奉命。舜陟大怒，文致其罪，送狱锻炼，备极惨毒，登几不能堪。未数日，舜陟忽殂，登乃获免。近时大理评事胡梦昱以直言贬象郡，过桂林，帅钱宏祖欲害之，未及有所施行，亦暴亡。呜呼！谓天不佑忠贤，可乎？

齐人归女乐

朱文公云："齐人归女乐，说者谓受女乐必怠于政事，故孔子遂行。"然以《史记》观之，又似夫子惧其谗毁而去，如曰"彼妇之口，可以出走"是已。鲁仲连论帝秦之害，亦曰："彼又将使其子女谗妾为诸侯妃，处梁之宫，梁君安得晏然而已乎？"想当时列国多此等事，故夫子不得不星夜急走。余谓齐人但欲盅鲁君之心，君心既盅，则所谓怠于政事、听谗嫉贤之事，自然色色有之。杨诚斋云："人主之治天下，必先正其治之之主，人臣之相其君，必先正其人主之主。而小人敌国之欲倾人之国也，必先败其人主之主而已。"齐人惩于夹谷而谋鲁也，不以齐谋鲁也，以鲁谋鲁也。鲁以女乐罢朝而孔子行，则先败其用孔子之主也，执为用孔子之主，非鲁君之心乎？

张魏公讨苗刘

苗傅、刘正彦之乱，张魏公在秀州，谋举勤王之师。苗、刘伪诏至，大赦，厚犒诸军。公潜于府库中寻旧诏书，令人驰往十数里外易其诏。既至，令僚属宣诏，但为抚谕之词，略张于谯楼，旋即敛之。大犒诸军，群情赖以不摇。时张俊亦在秀州，公深结之。会韩世忠舟师亦至，公与世忠对哭。因飨俊、世忠将士，呼诸将校至前，抗声问曰："今日之事，孰逆孰顺？"皆对曰："贼逆我顺！"又曰："若浚此举违天悖人，可取浚头归苗傅，不然，一有退缩，悉以军法从事！"众皆感愤。遂勒兵行次临平，逆党屯拒不得前。世忠等搏战，大破之。傅、正彦遁入闽，追获斩首。拜公知枢密院事，时年才三十三。

赠头陀诗

杨诚斋《赠抄经头陀》诗云："刺血抄经奈若何，十年依旧一头陀。袈裟未着言多事，着了袈裟事更多。"今世儒生，竭半生之精力，以应举觅官。幸而得之，便指为富贵安逸之媒，非特于学问切己事不知尽心，而书册亦几绝交。如韩昌黎所谓"墙角君看短檠弃"、陈后山所谓"一登吏部选，笔砚随扫除"者多矣。是未知着了袈裟之事更多也。余同年李南金登第后，画师以冠裳写其真，南金题诗云："落魄江湖十二年，布衫阔袖裹风烟。如今个样新装束，典却清狂卖却颠。"虽一时戏语，然知绅裳之束缚，非韦布比，而加意检束，亦自有味。

乙编卷三

陈 子 衿 传

　　先友李衍进之有隽才，于书无所不读，不幸年逾二十而死。吾党惜之，以比王逢原、邢居实。进之尝以三百五篇诗名作《陈子衿传》，其辞曰：陈《子衿》，《宛丘》《北门》人也。其先居《甫田》，世有《清人》，当汉时，《缁衣》为县令者甚众。及进士设科，《绿衣》登第，累累而有，于《都人士》中为最盛，雍雍如也。《子衿》母名《静女》，封《硕人》，尝《采蘋》《汝坟》。《风雨》暴至，殷《殷其雷》，有《小星》坠于怀，《载驰》而归。《出车》《思齐》，祷于《清庙》，遂生《子衿》，正《十月之交》也。生时《东方未明》，设《庭燎》以举之，《鼓钟》于宫，以飨贺客。《宾之初筵》，《晨风》和畅，瓶列《白华》，槃有《木瓜》，纫《芄兰》，焚《蓼萧》，《绸缪》沾洽。《有客》《既醉》，《击鼓》歌曰："《椒聊》之蕃衍兮，《葛藟》之《绵》绵。《猗嗟》盛哉，其大君门。惊人瑞世，《驺虞》、《麟趾》。"歌阕，主人谢曰："今日之集，薄具《无羊》，幸《南有嘉鱼》，荐俎《式微》，诸君亮之。"客皆《假乐》，至《鸡鸣》乃罢。《硕人》教养《子衿》，欲令三才并通，故试之《泮水》，使学《烈文》，置之《灵台》，使观《云汉》；出之《旄丘》，使知《民劳》。行则《君子阳阳》，《狡童》不得伍；居则《衡门》《閟宫》，《巧言》无从入。《日月》既久，问学《大明》。《硕人》卒，《子衿》哀毁甚，《素冠》庐《墓门》，朝夕《瞻卬》。读《劬劳》之诗，三复哀恸，门人为之废《蓼莪》。于是念《烈祖》之绪，覃思文典，而家窭《无衣》，《丰年》乏食，《葛屦》履霜。门人或为之《伐木》，或为之《采葛》，或为之《采菽》、《采苓》，以供衣食薪烝。尝喟然叹曰："《噫嘻》！非《天保》我，其谁《闵予小子》乎？《我将》《时迈》四方，冀昌厥志，必不获遂，则《采薇》首阳，追踪夷、齐耳。"乃《正月》《吉日》，《出其东门》，《载驱》而行，《遵大路》，过《株林》，度《陂泽》。《褰裳》以济《溱洧》，则思子产之乘舆;《狼跋》而登《终南》,则念杜陵之秀句。《信南山》之雾豹,想《崧高》之降神。《瞻彼洛矣》,则慨然有击楫之志;杭彼《河广》,则跃然有焚身之思。过《东山》而想谢、傅之风流,涉《渭阳》而叹西平之勋烈。《访落》帽于龙山,吊《文王》于毕郢。登高怀远,凄然无归,因著《青蝇》赋以讥切当世。乃济《沔水》,逾《韩奕》,复南入《南山》、《节南山》而西,寄食于《公刘》之家。《南山有台》,下墩《大田》,彼《黍离》离,延及《南陔》。《楚茨》《棫朴》,《樛木》《蒹葭》,蓊密罗结;《黄鸟》《玄鸟》,《绵蛮》差池;《桑扈》《鸳鸯》,飞鸣自适。《葛生》其中,《载芟》载刘,规为《小宛》,以供游观。《破斧》《伐檀》,《大东》方之地,以筑《新台》,植以《桃夭》,樊以《苑柳》,罗以《甘棠》,环以《泉水》。东则《东门之杨》,《东门之枌》,骈翠交青;北则《山有扶苏》,《野有蔓草》,葱蔚可爱。俯视则《隰有苌楚》,《匏有苦叶》,《青青者莪》,《皇皇者华》,纷红骇绿,错布如锦。其《桑中》则桑叶可拈,《采绿》之女,《行露》沾衣;其《下泉》则《鱼藻》交加,《凫鹥》上下,《振鹭》《鸿雁》,或集或翔。又有《渐渐之石》,可以《考槃》。《扬之水》则清流激湍,多《采蘩》之《氓》,《竹竿》垂纶,《鱼丽》于钓。《东门之池》,《葛覃》其上,《芣苢》、《卷耳》、《瓠叶》、《枤杜》之属尤多。其《中谷有蓷》,其《丘中有麻》,其《防有鹊巢》,其《墙有茨》,其《园有桃》,其《摽有梅》,其《汾沮洳》,则有《裳裳者华》,与《苕之华》隐映于《行苇》之间。其中野则《鹿鸣》呦呦,《鹤鸣》革革,终日不绝。其《隰桑》之下,则《棠棣》《黍苗》,敷荣秀实,《有杕之杜》,幢幢如盖,《匪风》而凉。《公刘》日与其友《召旻》,旻弟《小旻》、《小弁》及《子衿》,号五公子,酣饮其中。《子衿》虽鞠穷,《公刘》心知其非《烝民》比,敬爱无致,《采芑》杀《羔羊》,射鸤雉,《泂酌》流泉,所以奉《子衿》者甚至。顷之《子衿》欲有所适,《公刘》赠以《白驹》,送以《候人》。《子衿》乃历《东门之墠》,入《旱麓》,过《北山》。山之神移文招之,《子衿》亦乐其幽邃,往从其招,作歌曰:“《北山》有枢,为吾之居;《北山》有竹,《箨兮》窣窣。山之《卷阿》,《凯风》何多;山之《崇丘》,《谷风》翛翛。《何草不黄》,阴翁而藏;《何彼秾矣》,青阳韶美。”朝夕歌之,声满天地。山多鸟兽《草虫》,有《关雎》、《鸳羽》、《鸤鸠》、《鸱鸮》、《螽斯》、《蜉蝣》、《硕鼠》之类,杂出其间;其《野有死麕》,

其狡《兔爰》爰,其《鹑之奔奔》,俄而有《鹊巢》其屋,《有狐》出其窦。《子衿》抚然曰:"鸟兽不可与同群。"于是还魏,《陟岵》山适楚。至《江有汜》,得《柏舟》,济《汉广》,与楚人《巷伯》、《祈父》,《二子乘舟》。二子知《子衿》抱负不群,谓之曰:"《君子行役》,既乏《臣工》,又无《车辇》,《羔裘》将敝,《颀弁》萧条,《般》《桓》《江汉》,只影无俦。泛观《生民》,莫不有《十亩之闲》以耕,一《版》之屋以处。方春之时,《蝃蝀》载见,膏雨将降,《东方之日》《小明》,则《女曰鸡鸣》,士曰昧旦,或《将仲子》,与《叔于田》,或《伯兮》居守,或《大叔于田》,蓑笠在身,《良耜》在手,长幼暨暨,或馌或耘。《四月》《六月》,《雨无正》时,引渠灌输,俾苗怒长;《七月》既秋,《华黍》将收,《大车》以载,《月出》方归。及夫《定之方中》,农隙多暇,则呼《卢令》,携《兔置》,挟《角弓》,张《九罭》,施《敝笱》,以猎以渔。其富者,或驾《驷铁》,乘《四牡》,有车辚辚,《有驰》驹驹,《车攻》原野,网交《淇澳》,醶风《湛露》,角胜校获,何其乐也!至有得时遇主,取相封侯,入赉《彤弓》,出建《干旄》,被《丝衣》,曳纨绔,《武》夫前呵,莫敢《执竞》,《有女同车》,有手其姿,窈窕《由仪》,思与《君子偕老》。如《燕燕》之飞,彼《何人斯》,踵其《常武》,岂子之所难哉!夫盖世勋名,《权舆》一念,傅说胥靡,相《殷武》丁,《天作》尚父,《文王有声》,虽《维天之命》,亦有志竟成。今子幸遭时清平,《下武》右文,不能《小毖》于心,奋取富贵,而《维清》泉白石以自洁,《终风》苦露以自隐;不与贤登于朝,而顾与《我行于野》,徒叹《昊天有成命》之不可易,而不知所欲之必从也。以期于世,不亦左乎!藉曰无意斯世,则相鼠有穴,况于人乎!一区未辩,脱有《小戎》寇,子将奚归。唯君《简兮》,毋谓我生流坎,由庚甲之利不利也。"《子衿》曰:"诺哉!二子行矣,我将思之。"赞曰:异哉!《子衿》之为人也。其孔北海、李太白之流乎?观其抗志青云之上,睥睨宇宙,犹以为小,而不免为旅人。谚曰:"用之则为虎,不用则为鼠。"若《子衿》者,岂以用不用异其心哉!

以 学 为 诗

赵昌父云:"古人以学为诗,今人以诗为学。"夫以诗为学,自唐以来则然,如呕出心肝,掏擢胃肾,此生精力尽于诗者,是诚弊精神于无用矣。乃若古人,亦何尝以学为诗哉!今观《国风》,间出于小夫贱隶、妇人女子之口,未必皆学也,而其言优柔谆切,忠厚雅正。后之经生学士,虽穷年毕世,未必能措一辞。正使以后世之学为诗,其胸中之不醇不正,必有不能掩者矣。虽贪者赋廉诗,仕者赋隐逸诗,亦岂能逃识者之眼哉!如白乐天之诗,旷达闲适,意轻轩冕,孰不信之?然朱文公犹谓"乐天人多说其清高,其实爱官职。诗中及富贵处,皆说得口津津地涎出",可谓能窥见其微矣。嗟夫!乐天之言且不可尽信,况余人乎!杨诚斋云:"古人之诗,天也;后世之诗,人焉而已矣。"此论得之。

活 处 观 理

古人观理,每于活处看,故《诗》曰:"鸢飞戾天,鱼跃于渊。"夫子曰:"逝者如斯夫,不舍昼夜。"又曰:"山梁雌雉,时哉时哉!"孟子曰:"观水有术,必观其澜。"又曰:"源泉混混,不舍昼夜。"明道不除窗前草,欲观其意思与自家一般。又养小鱼,欲观其自得意,皆是于活处看,故曰:"观我生,观其生。"又曰:"复其见天地之心。"学者能如是观理,胸襟不患不开阔,气象不患不和平。

祝 寿

陆象山在荆门,上元不设醮,但合士民于公厅前,听讲《洪范》"皇极敛时五福"一段,谓此即为民祈福也。今世圣节,令僧升座说法祝圣寿,而郡守以下环坐而听之,殊无义理。程大昌、郑丙在建宁,并不许僧升堂说法。朱文公在临漳,且令随例祝香,不许人问话。余谓若

祖象山之法，但请教官升郡庠讲席，讲《诗·天保》一篇，以见归美报
上之意，亦自雅驯。

至　人

《庄子》谓"至人入水不濡，入火不热"。如周公遭变，而赤鸟几
几；孔子厄陈，而弦歌自如，皆至人也。不濡不热，其言心耳，非言其
血肉之身也。

桃锦柳绵

杜陵诗云："不分桃花红胜锦，生憎柳絮白如绵。"初读只似童子
属对之语，及细思之，乃送杜侍御入朝，盖锦绵皆有用之物，而桃花、
柳絮，乃以区区之颜色而胜之，亦犹小人以巧言令色而胜君子也。侍
御，分别邪正之官，故以此告之。观"不分"、"生憎"之语，其刚正嫉邪
可见矣。

村庄鸡犬

韩平原作南园于吴山之上，其中有所谓村庄者，竹篱茅舍，宛然
田家气象。平原尝游其间，甚喜，曰："撰得绝似，但欠鸡鸣犬吠耳。"
既出庄游他所，忽闻庄中鸡犬声，令人视之，乃府尹所为也。平原大
笑，益亲爱之。太学诸生有诗曰："堪笑明庭鸳鹭，甘作村庄犬鸡。一
日冰山失势，汤烊镬煮刀刲。"

谢昭雪表

岳武穆家《谢昭雪表》云："青编尘乙夜之观，白简悟壬人之谮。"
甚工。

末 世 风 俗

王荆公论末世风俗云："贤者不得行道,不肖者得行无道;贱者不得行礼,贵者得行无礼。"其论精矣。嗟夫! 荆公生于本朝极盛之时,犹有此叹,况愈降愈下乎?

五 百 弓

荆公诗云："卧占宽闲五百弓。"盖佛家以四肘为弓,肘一尺八寸,四肘盖七尺二寸,其说出译梵。

白 羊 先 生

绍兴甲寅,孝宗升遐,光宗疾,不能丧,中外人情汹汹。襄阳兵官陈应祥,归正人也。欲乘此为变,结约已定。其间一卒,买卜于市所谓白羊先生者。卜者诘之曰："此卜将何用? 观所占,是要杀爷杀娘底事,大不好,莫做却吉。"其人色动。时都统冯湛帐前适有一人在傍知见,遂潜迹之。至一茶肆,与之语,给以己得罪于湛,倘有所谋,愿预一人之数。卒始不肯言,再三问之,乃以实告,但深以卜不吉为疑。其人曰："若疑其不吉,当与汝同首,可转祸为福。"卒然之,然恐无验,乃引其人诣陈曰："此人都统帐前人也,近偶得罪,可为内应。"陈始不信,再三言之,乃与以白巾一,告以期约。其人与卒急诣湛告变。时张定叟作帅,湛携首状告定叟。时定叟方卧,起与湛密议定,复就寝,徐令具酒肴与客饮,遣数人请陈及其他一二兵官同来,面以首状及白巾诘之。陈辞屈,乃集众于教场杀之。二人及白羊先生皆补官。

东 坡 文

《庄子》之文,以无为有;《战国策》之文,以曲作直。东坡平生熟此二书,故其为文横说竖说,惟意所到,俊辨痛快,无复滞碍。其论刑赏也,曰:"当尧之时,皋陶为士。将杀人,皋陶曰'杀之'三,尧曰'宥之'三,故天下畏皋陶执法之坚,而乐尧用刑之宽。"其论武王也,曰:"使当时有良史如董狐者,则南巢之事必以叛书,牧野之事必以弑书。而汤、武,仁人也,必将为法受恶。周公作《无逸》,曰:殷王中宗,及高宗及祖甲,及我周文王,兹四人迪哲,上不及汤,下不及武王,其以是哉!"其论范增也,曰:"增始劝项梁立义帝,诸侯以此服从,中道而弑之,非增意也。夫岂独非其意,将必力争而不听也。不用其言而杀其所立,羽之疑增,自此始矣。"其论战国任侠也,曰:"楚、汉之祸,生民尽矣,豪杰宜无几,而代相陈豨从车千乘。萧、曹为政,莫之禁也。岂惩秦之祸,以为爵禄不能尽縻天下之士,故少宽之,使得或出于此也耶!"凡此类,皆以无为有者也。其论厉法禁也,曰:"商鞅、韩非之刑,非舜之刑,而所以用刑者,则舜之术也。"其论唐太宗征辽也,曰:"唐太宗既平天下,而又岁岁出师,以从事于夷狄。盖晚而不倦,暴露于千里之外,亲击高丽者再焉。凡此者,皆所以争先而处强也。"其论从众也,曰:"宋襄公虽行仁义,失众而亡;田常虽不义,得众而强。是以君子未论行事之是非,先观众心之向背。谢安之用诸桓,未必是,而众之所乐,则国以乂安。庾亮之召苏峻,未必非,而势有不可,则反成危辱。"凡此类,皆以曲作直者也。叶水心云:"苏文架虚行危,纵横倏忽,数百千言,读者皆如其所欲出,推者莫知其所自来,古今议论之杰也。"

叔 世 官 吏

叶水心云:"唐时道州西原蛮掠居民,而诸使调登符牒,乃至二百函,故元结诗以为贼之不如。杜少陵遂有'粲粲元道州,前贤畏后生'之语。盖一经兵乱,不肖之人妄相促迫,草芥其民。贼犹未足以为病,而官吏相与亡其国矣。"至哉言乎!古今国家之亡,兆之者夷狄盗贼,而成之者不肖之官吏也。且非特兵乱之后,暴驱虐取吾民而已。方其变之始也,不务为弭变之道,乃以幸变之心,施激变之术,张皇其事,夸大其功,借生灵之性命,为富贵之梯媒。甚者假夷狄盗贼以邀胁其君。辗转滋蔓,日甚一日,而国随之矣。

宰 辅 久 任

唐太宗相房玄龄二十三年,用魏征及相十八年,此外惟李林甫、元载最久。国朝魏野赠王文正诗云:"太平宰相年年出,君在中书十二秋。"盖以为最久矣。至蔡京、秦桧,乃皆十八九年。近时史卫王独专国秉至二十六年,此古今所无。至晚年得末疾,犹专国秉数年,尤古今所无。故洪舜俞诗云:"阴阳眠燮理。"

安 乐 直 钱 多

周益公退休,欲以"安乐直钱多"五字题燕居之室,思之累日,未得其对。一士友请以"富贵非吾愿"为对,公欣然用之。

借 助 夷 狄

花门尚留,杜拾遗以为忧;吐蕃既回,陆宣公以为官。

东 坡 书 画

东坡谪儋耳,道经南安,于一寺壁间作丛竹丑石,甚奇。韩平原当国,札下本军取之。守臣亲监临,以纸糊壁,全堵脱而龛之以献。平原大喜,置之阅古堂中,平原败,籍其家,壁入秘书省著作庭。辛卯之火,焚右文殿道山堂,而著作庭幸无恙,壁至今犹存。坡之北归,经过韶州月华寺,值其改建法堂,僧丐坡题梁。坡欣然援笔,右梁题岁月,左梁题云:"天子万年,来作神主。敛时五福,敷锡庶民。地狱天宫,同为净土。有性无性,齐成佛道。"右梁题字,一夕为盗所窃,左梁字尚存。余尝见之,墨色如新。坡归,至常州报恩寺,僧堂新成,以板为壁,坡暇日题写几遍。后党祸作,凡坡之遗墨,所在搜毁。寺僧以厚纸糊壁,涂之以漆,字赖以全。至绍兴中,诏求苏、黄墨迹。时僧死久矣,一老头陀知之,以告郡守。除去漆纸,字画宛然。临本以进,高宗大喜,老头陀得祠曹牒为僧。

糕　　字

刘禹锡作《九日》诗,欲用"糕"字,以其不经见,迄不敢用。故宋子京诗云:"刘郎不敢题糕字,虚负诗中一世豪。"然白乐天诗云:"移坐就菊丛,糕酒前罗列。"则固已用之。刘、白倡和之时,不知曾谈及此否?

博　浪　沙

张子房欲为韩报仇,乃捐金募死士,于博浪沙中以铁椎狙击始皇,误中其副车。始皇怒,大索三日不获。未逾年,始皇竟死。自此,陈胜、吴广、田儋、项梁之徒始相寻而起。是褫祖龙之魄,倡群雄之心,皆子房一击之力也,其关系岂小哉! 余尝有诗云:"不惜黄金募铁椎,祖龙身在魄先飞。齐田楚项纷纷起,输与先生第一机。"

诗 人 胸 次

李太白云:"划却君山好,平铺湘水流。"杜子美云:"斫却月中桂,清光应更多。"二公所以为诗人冠冕者,胸襟阔大故也。此皆自然流出,不假安排。

牒

《左氏传》:王子朝之乱,晋命诸侯输周粟,宋乐大心不可,晋士伯折之,乃受牒而归。今世台府移文属郡曰"牒",盖春秋时霸主于列国已用之矣。

奸　　钱

今江湖间，俗语谓钱之薄恶者曰"悭钱"。按：贾谊疏云："今法钱不立，农民释其耒耜，冶熔炊炭，奸钱日多。"俗音讹以"奸"为"悭"尔。

有 若 劫 寨

《左氏传》：吴师在鲁，微虎欲宵攻王舍，择卒三百，有若与焉。叶水心曰："有若尚劫寨，何况他人？"余谓吴师压鲁，鲁亡无日，有若视父母之邦阽危如此，义气所激，愿与宵攻之列，使诚因是而死，得死所矣，岂不贤于子路之死乎！水心以为劫寨，过矣。

无 　 字

《周易》"無"皆作"无"。王述曰："天屈西北为无。"盖东南为春夏，阳之伸也，故万物敷荣。西北为秋冬，阳之屈也，故万物老死，老死则无矣。此《字说》之有意味者也。

朱 文 公 帖

庐陵士友藏朱文公一小简真迹云："便中承书，知比日侍奉安佳。吾子读书，比复如何，只是专一勤苦，无不成就。第一更切检束操守，不可放逸。亲近师友，莫与不胜己者往来，熏染习熟，坏了人也。景阳想已赴省，季章当只在家，凡百必能尽心苦口，切须承禀，不可有违。谚云：'成人不自在，自在不成人。'此言虽浅，然实切至之论，千万勉之。《大学说》漫纳试读之，不晓处可问季章。未即相见，千万为门户自爱。"此简盖与其亲戚卑行也，《大全集》所不载。后生晚进，能写一通，置之座侧，朝夕观省，何患不做好人。景阳姓许，名子春；季章姓刘，名黼，皆庐陵醇儒，从文公学。季章后为特奏第一人。

毕　再　遇

开禧用兵，诸将皆败，唯毕再遇数有功。虏常以水柜败我，再遇夜缚藁人数千，衣以甲胄，持旗帜戈矛，俨立成行。昧爽，鸣鼓，虏人惊视，亟放水柜。旋知其非真也，甚沮。乃出兵攻虏，虏大败。又尝引虏与战，且前且却，至于数四。视日已晚，乃以香料煮黑豆布地上，复前搏战，佯为败走。敌乘胜追逐，其马已饥，闻豆香，皆就食，鞭之不前。我师反攻之，敌人马死者不胜计。又尝与虏对垒，度虏兵至者日众，难与争锋。一夕，拔营去，虑虏来相追，乃留旗帜于营，并缚生羊，置其前二足于鼓上，击鼓有声。虏不觉其为空营，复相持竟日。及觉，欲追，则已远矣。近时沅州蛮叛，荆湖制司遣兵讨之。蛮以竹为箭，傅以毒药，略著人肉血濡缕，无不立死。官军畏之，莫敢前，乃祖再遇之智，装束藁人，罗列焜耀。蛮见之，以为官军也，万矢俱发；伺其矢尽，乃出兵攻之，直捣其穴，一战而平。

诗　犯　古　人

近时赵紫芝诗云："一瓶茶外无祗待，同上西楼看晚山。"世以为佳。然杜少陵云："莫嫌野外无供给，乘兴还来看药栏。"即此意也。杜子野诗云："寻常一样窗前月，才有梅花便不同。"世亦以为佳。然唐人诗云："世间何处无风月，才到僧房分外清。"亦此意也。欲道古人所不道，信矣其难矣。紫芝又有诗云："野水多于地，春山半是云。"世尤以为佳。然余读《文苑英华》所载唐诗，两句皆有之，但不作一处耳。唐僧诗云："河分冈势断，春入烧痕青。"有僧嘲其蹈袭云："河分冈势司空曙，春入烧痕刘长卿。不是师兄偷古句，古人诗句犯师兄。"此虽戏言，理实如此。作诗者岂故欲窃古人之语以为己语哉！景意所触，自有偶然而同者。盖自开辟以至于今，只是如此风花雪月，只是如此人情物态。

徐 孺 子

伯夷"不立于恶人之朝,不与恶人言",可谓离世绝俗矣。然不念旧恶,未尝流于刻薄也。柳下惠视"袒裼裸裎","焉能浼我",可谓和光同尘矣。然不以三公易其介,未尝流于苟贱也。此其所以为百世师欤?东汉徐孺子矫矫特立,诸公荐辟皆不就。然及荐辟者死,炙鸡渍酒,万里赴吊。于清高不混俗之中,有忠厚不忘恩之意。其为东汉人物之冠冕,不亦宜乎!

玄 真 子 图

山谷题《玄真子图》词所谓"人间底是无波处,一日风波十二时"者,固已妙矣。张仲宗词云:"钓笠披云青嶂晓,橛头细雨春江渺。白鸟飞来风满棹,收纶了,渔翁拍手樵童笑。　明月太虚同一照,浮家泛宅忘昏晓。醉眼久看朝市闹,烟波老,谁能惹得闲烦恼。"语意尤飘逸。仲宗年逾四十即挂冠,后因作词送胡澹庵贬新州,忤秦桧,亦得罪。其标致如此,宜其能道玄真子心事。

责 将 帅

自古夷狄盗贼之祸所以蔓延滋长,日深一日,其终或至于亡国者,皆将帅之臣玩寇以自安,养寇以自固,誉寇以自重也。故杜少陵诗,其于王室播迁之祸,每每深责将帅。如云:"将帅蒙恩泽,兵戈有岁年。至今劳圣主,何以报皇天?"又云:"登坛名绝假,报主尔何迟?"又云:"天地日流血,朝廷谁请缨。"又云:"独使至尊忧社稷,诸公何以答升平。"皆是意也。然将帅之不用命,实由于朝廷驾御操纵之无法。古人云:譬如养鹰,饱则扬去。我太祖之御诸将,有守边一二十年而不迁官者,盖谓捍御免侵轶,特仅不失职耳。非有战胜攻取,官固不可妄迁也。至于曹彬之平江南,功亦不细矣,然使相之除,终至吝惜,止于赐钱百万而已。夫太祖岂食言之君,而曹彬亦岂饱则扬去之人哉!英君谊辟远虑微权,众人固不识也。近世以来,将帅守边,仅免侵轶,及至岁终,则论功行赏,屡迁不一迁,不知使其能扫清关河,哭单于於阴山,又将何以赏之? 少陵诗云:"今日翔麟马,先宜驾鼓车。无劳问河北,诸将觉荣华。"言虽翔麟之马,亦必先使之驾鼓车,由贱而后可以致贵。今诸将骤登贵显,如马之未驾鼓车,而遽驾玉辂,安于荣华,志得意满,无复驱攘之志。河北叛乱,决难讨除,无劳问也。又云:"杂虏横戈数,功臣甲第高。"亦此意。

乙编卷四

养兵

韩魏公曰:"养兵虽非古,然亦自有利处。议者但谓不如汉、唐调兵于民,独不见杜甫《石壕吏》一篇,调兵于民,其弊乃如此。后世既收拾强悍无赖者,养之以为兵,良民虽税敛良厚,而终身保骨肉相聚之乐,父子、兄弟、夫妇免生离死别之苦,此岂小事!"魏公此论可谓至当。余观梅圣俞宝元间为叶县宰,诏书令民三丁籍一,立校与长,号弓箭手,以备不虞,田里骚然。圣俞作《田家》诗云:"谁道田家乐,春税秋未足。里胥叩我门,日夕苦煎促。盛夏流潦多,白水高于屋。水既害我菽,蝗又养我粟。前月诏书来,生齿复版录。三丁籍一壮,恶使操弓鞲。州符令又严,老吏持鞭扑。搜索稚与艾,唯存跛无目。田间敢怨嗟,父子各悲哭。南亩焉可事,买箭卖牛犊。愁气变久雨,铛缶空无粥。盲跛不能耕,死亡在迟速。我闻诚所惭,徒尔叨君禄。却咏归去来,刈薪向深谷。"又《汝坟贫女》云:"汝坟贫家女,行哭音凄怆。自言有老父,孤独无丁壮。郡吏来何暴,县官不敢抗。督遣勿稽留,龙钟去持杖。勤勤嘱四邻,幸愿相倚傍。适闻闾里归,问讯疑犹强。果闻寒雨中,僵死壤河上。弱质无以托,横尸无以葬。生女不如男,虽存何以当。拊膺呼苍天,生死将奈向?"观此二诗,与《石壕吏》等篇何以异?当是时,乃太平极盛之时,而一有籍民为兵之令,便觉气象与天宝相似。乃知养兵之制,实万世之仁,而魏公之说不可易也。然魏公既知籍民为兵之害矣,而陕西义勇之制,实出于公。虽司马温公极言其不便,竟不为止,又何与前言相戾也?

天　棘

杜诗云："江莲摇白羽，天棘梦青丝。"下句殊不可晓。说者曰：天棘，柳也。或曰：天门冬也。梦，当作"弄"。既无考据，意亦短浅。潭浚明尝为余言：此出佛书。终南长老入定，梦天帝赐以青棘之香。盖言江莲之香，如所梦天棘之香耳。此诗为僧齐己赋，故引此事。余甚喜其说，然终未知果出何经。近阅叶石林《过庭录》，亦言此句出佛书，则浚明之言宜可信。

家　乘

山谷晚年作日录，题曰《家乘》，取《孟子》晋之《乘》之义。谪死宜州。永州有唐生者从之游，为之经纪后事，收拾遗文。独所谓《家乘》者，仓忙间为人窃去，寻访了不可得。后百余年，史卫王当国，乃有得之以献者，卫王甚珍之。后黄伯庸帅蜀，以其为双井之族，乃以赆其行。

中 兴 十 策

建炎中，大驾驻维扬，康伯可上《中兴十策》："一请皇帝设坛，与群臣、六军缟素戎服，以必两宫之归。二请移跸关中，治兵积粟，号召两河，为雪耻计，东南不足立事。三请略去常制，为马上治。用汉故事，选天下英俊，日侍左右，讲求天下利病，通达外情。四请河北未陷州郡，朝廷不复置吏，诏土人自相推择，各保乡社。以两军屯要害，为声援。滑州置留府，通接号令。五请删内侍、百司、州县冗员，文书务简实，以省财便事。六请大赦，与民更始。前事一切不问，不限文武，不次登用，以收人心。七请北人避胡挈郡邑南来以从吾君者，其首领皆豪杰，当待之以将帅，不可指为盗贼。八请增损保甲之法，团结山东、京东西、两淮之民，以备不虞。九请讲求汉、唐漕运江淮道涂置使，以馈关中。十请许天下直言便宜，州郡即日缴奏，置籍亲览，以广豪杰进用之路。"时宰相汪、黄辈不能听用,而伯可名声由是益著。余观其策,正大的确,虽李伯纪、赵元镇亦何以远过!然厥后秦桧当国,伯可乃附会求进,擢为台郎。值慈宁归养,两宫燕乐,伯可专应制为歌词,诔艳粉饰,于是声名扫地,而世但以比柳耆卿辈矣。桧死,伯可亦贬五羊。

不　死

《楞严经》:"佛告波斯匿王,汝年十三时,见恒河水与今无异,是汝皮肉虽皱,见精不皱,以明身有老少,而见精常存。身有死生,而本性常在也。"晁文元尝问隐者刘海蟾以不死之道,海蟾笑曰:"人何尝死?而君乃畏之求生乎?所可死者,形尔。不与形俱灭者,固常在也。"此理本常理,但异端说得黏皮着骨。如《易》曰:"精气为物,游魂为变。"孟子曰:"所过者化,所存者神。"伊川曰:"尧舜几千年,其心至今在。"横渠曰:"物物故能过化,性性故能存神。"又曰:"存吾顺事,没吾宁也。"说得多少混融。

月 下 传 杯 诗

杨诚斋《月下传杯》诗云:"老夫渴急月更急,酒落杯中月先入。领取青天并入来,和月和天都蘸湿。天既爱酒自古传,月不解饮真浪言。举杯将月一口吞,举头见月犹在天。老夫大笑问客道:月是一团还两团?酒入诗肠风火发,月入诗肠冰雪泼。一杯未尽诗已成,诵诗向天天亦惊。焉知万古一骸骨,酌酒更吞一团月。"余年十许岁时,侍家君竹谷老人谒诚斋,亲闻诚斋诵此诗,且曰:"老夫此作,自谓仿佛李太白。"

题 贫 乐 图

徐思叔《题贫乐图》诗首句云:"乃翁画灰教儿书,娇儿赤骭玉雪肤。厥妻曝日补破襦，弊筐何有金十奴？"杨伯子和云："三间破屋一床书，锦心绣口冰肌肤。自纫枯叶作裤襦，此君便是长须奴。"王才臣和云："大儿阻饥颇废书，小儿忍寒粟生肤。妇纵有裈无一襦，不敢缘此相庸奴。"三诗皆佳，而后出者尤奇。

竹

松柏之贯四时，傲雪霜，皆自拱把以至合抱。惟竹生长于旬日之间，而干霄入云，其挺特坚贞，乃与松柏等，此草木灵异之尤者也。白乐天、东坡、颖滨与近时刘子翚论竹甚详，皆未及此。杜陵诗云："平生憩息地，必种数竿竹。"梅圣俞云："买山须买泉，种树须种竹。"信哉。

雍公荐士

虞雍公初除枢密，偶至陈丞相应求阁子内，见杨诚斋《千虑策》，读一篇，叹曰："东南乃有此人物！某初除合荐两人，当以此人为首。"应求导诚斋谒雍公，一见握手如旧。诚斋曰："相公且仔细，秀才子口头言语，岂可便信？"雍公大笑，卒援之登朝。诚斋尝言：士大夫穷达，初不必容心。某平生不能开口求荐。然荐之改秩者，张魏公也。荐之立朝者，虞雍公也。二公皆蜀人，皆非有平生雅故。雍公有《翘馆录》，载当世人物甚详。

诗　兴

诗莫尚乎兴，圣人言语亦有专是兴者。如"逝者如斯夫，不舍昼夜"，"山梁雌雉，时哉时哉"，无非兴也，特不曾隐括协韵尔。盖兴者，因物感触，言在于此，而意寄于彼，玩味乃可识，非若赋比之直言其事也。故兴多兼比赋，比赋不兼兴，古诗皆然。今姑以杜陵诗言之，《发潭州》云："岸花飞送客，樯燕语留人。"盖因飞花语燕，伤人情之薄，言送客留人,止有燕与花耳。此赋也,亦兴也。若"感时花溅泪,恨别鸟惊心",则赋而非兴矣。《堂成》云:"暂止飞乌将数子,频来语燕定新巢。"盖因乌飞燕语,而喜己之携雏卜居,其乐与之相似。此比也,亦兴也。若"鸿雁影来联塞上,脊令飞急到沙头",则比而非兴矣。

荆 公 议 论

荆公诗云:"谋臣本自系安危,贱妾何能作祸基。但愿君王诛宰嚭,不愁宫里有西施。"夫妲己者,飞廉、恶来之所寄也。褒姒者,聚子、膳夫之所寄也。太真者,林甫、国忠之所寄也。女宠蛊君心,而后憸壬阶之以进,依之以安。大臣格君之事,必以远声色为第一义。而谓"不愁宫里有西施",何哉?范蠡霸越之后,脱屣富贵,扁舟五湖,可谓一尘不染矣,然犹挟西施以行。蠡非悦其色也,盖惧其复以蛊吴者而蛊越,则越不可保矣,于是挟之以行,以绝越之祸基。是蠡虽去越,未尝忘越也。曾谓荆公之见而不及蠡乎?惟管仲之告齐桓公,以竖刁、易牙、开方为不可用,而谓声色为不害霸,与荆公之论略同。其论商鞅曰:"今人未可非商鞅,商鞅能令政必行。"夫二帝三王之政何尝不行,奚独有取于鞅哉?东坡曰:"商鞅、韩非之刑,非舜之刑,而所以用刑者,则舜之术也。"此说犹回护,不如荆公之直截无忌惮。其咏昭君曰:"汉恩自浅胡自深,人生乐在相知心。"推此言也,苟心不相知,臣可以叛其君,妻可以弃其夫乎?其视白乐天"黄金何日赎娥眉"之句,真天渊悬绝也。其论冯道曰:"屈己利人,有诸佛菩萨之行。"唐质肃折之曰:"道事十主,更四姓,安得谓之纯臣?"荆公乃曰:"伊尹五就汤,五就桀,亦可谓之非纯臣乎?"其强辨如此。又曰:"有伊尹之志,则放其君可也。有周公之志,则诛其兄可也。有周后妃之志,则求贤审官可也。"似此议论,岂特执拗而已,真悖理伤道也!荀卿立"性恶"之论、"法后王"之论,李斯得其说,遂以亡秦。今荆公议论过于荀卿,身试其说,天下既受其毒矣。章、蔡祖其说而推演之,加以凶险,安得不产靖康之祸乎!荆公论韩信曰:"贫贱侵陵富贵骄,功名无复在刍荛。将军北面师降虏,此事人间久寂寥。"论曹参曰:"束发山河百战功,白头富贵亦成空。华堂不着新歌舞,却要区区一老翁。"二诗意却甚正。然其当国也,偏执己见,凡诸君子之论,一切指为流俗,曾不如韩信之师李左车、曹参之师盖公,又何也?

诗　祸

杨子幼以"南山种豆"之句杀其身,此诗祸之始也。至于"空梁落燕泥"之句,"庭草无人随意绿"之句,非有所讥刺,徒以雕斫工巧,为暴君所忌嫉,至贾奇祸,则诗真可畏哉!贾至谪岳州,严武谪巴州,杜少陵寄诗云:"贾笔论《孤愤》,严君赋几篇。定知深意苦,莫使众人传。贝锦无停织,朱丝有断弦。浦鸥防碎首,霜鹘不空拳。"盖深戒之也。刘禹锡种桃之句,不过感叹之词耳,非甚有所讥刺也,然亦不免于迁谪。近世蔡持正,数其罪恶,虽两观之诛,亦不为过,乃以《车盖亭》绝句谓为讥刺,贬新州。夫小人摘抉君子之诗文以为罪,无怪也,君子岂可亦摘抉小人之诗文以为罪乎?东坡文章妙绝古今,而其病在于好讥刺。文与可戒以诗云:"北客若来休问事,西湖虽好莫吟诗。"盖深恐其贾祸也。乌台之勘,赤壁之贬,卒于不免。观其《狱中》诗云:"梦绕云山心似鹿,魂飞汤火命如鸡。"亦可哀矣。然才出狱,便赋诗云:"却对酒杯疑是梦,试拈诗笔已如神。"略无惩艾之意,何也?晚年自朱崖量移合浦,郭公父寄诗云:"君恩浩荡似阳春,海外移来住海滨。莫向沙边弄明月,夜深无数采珠人。"其意亦深矣。渡江以来,诗祸殆绝,唯宝、绍间,《中兴江湖集》出,刘潜夫诗云:"不是朱三能跋扈,只缘郑五欠经纶。"又云:"东风谬掌花权柄,却忌孤高不主张。"敖器之诗云:"梧桐秋雨何王府,杨柳春风彼相桥。"曾景建诗云:"九十日春晴景少,一千年事乱时多。"当国者见而恶之,并行贬斥。景建,布衣也,临川人,竟谪舂陵,死焉。其往舂陵也,作诗曰:"杖策行行访楚囚,也胜流落峤南州。鬓丝半是吴蚕吐,襟血全因蜀鸟流。径窄不妨随茧栗,路长那更听钩辀。家山千里云千叠,十口生离两地愁。"

功 成 不 受 赏

自古豪杰之士立业建功,定变弭难,大抵以无所为而为之者为高。三代人物,固不待言。下此如范蠡霸越而扁舟五湖;鲁仲连下聊城而辞千金之谢,却帝秦而逃上爵之封;张子房颠嬴蹶项,而飘然从赤松子游,皆足以高出秦、汉人物之上。左太冲诗云:"功成不受赏,长揖归田庐。"李太白诗云:"事了拂衣去,深藏身与名。"而世降俗末,乃有激变稔祸,欺君误国,杀人害物,以希功赏者,是诚何心哉? 是诚何心哉?

四 老 安 刘

汉高帝晚岁,欲易太子,盖以吕后鸷悍,惠帝仁柔,为宗社远虑,初非溺于戚姬之爱,而为是邪谋也。苏老泉谓帝之以太尉属周勃,及病中欲斩樊哙,皆是知有吕氏之祸,可谓识帝之心者矣。子房,智人也,乃引四皓为羽翼,使帝涕泣悲歌而止。帝之泣,岂为儿女子而泣耶? 厥后赵王以鸩亡,惠帝以忧死,向非吕后先殂,平、勃交欢,则刘氏无噍类,而火德灰矣。杜牧之所谓"四老安刘是灭刘"者,诚哉是言也! 夫立子以长,固万世之定法,然亦有不容拘者。泰伯逊而周以兴,建成立而唐几危,一得一失,盖可监也。夫子善齐桓首止之盟,而美泰伯为至德。盖善齐桓者,明万世之常经也;美泰伯者,示万世之通谊也。

安 子 文 自 赞

安子文与杨巨源、李好义合谋诛逆曦,旋杀巨源而专其功。久之,朝廷疑其跋扈,俾帅长沙。子文尽室出蜀,尝自赞云:"面目皱瘦,行步蹅苴。人言托住半周天,我道一场真戏耍。今日到湖南,又成一话靶。"在长沙,计利析秋毫,设厅前豕豭成群,粪秽浪籍,肥腯则烹而卖之。罢镇，椢载归蜀。厥后杨九鼎在蜀，以刻剥致诸军之怨，军士莫简倡乱，杀九鼎，剖其腹，实以金银，曰："使其贪腹饱饫。"时子文家居，散财结士，生擒莫简，剖心以祭九鼎，再平蜀难。

钓　台　诗

余三十年前于钓台壁间尘埃漫漶中得一诗云："生涯千顷水云宽，舒卷乾坤一钓竿。梦里偶然伸只脚，渠知天子是何官。"不知何人作也，句意颇佳。近时戴式之诗云："万事无心一钓竿，三公不换此江山。当时误识刘文叔，惹起虚名满世间。"句虽甚爽，意实未然。今考史籍：光武，儒者也，素号谨厚，观诸母之言可见矣。子陵意气豪迈，实人中龙，故有"狂奴"之称。方其相友于隐约之中，伤王室之陵夷，叹海宇之横溃，知光武为帝胄之英，名义甚正，所以激发其志气，而导之以除凶剪逆，吹火德于既灰者，当必有成谋矣。异时披图兴叹，岸帻迎笑，雄姿英发，视向时谨敕之文叔，如二人焉，子陵实阴有功于其间。天下既定，从容访帝，共榻之卧，足加帝腹，情义如此。子陵岂以匹夫自嫌，而帝亦岂以万乘自居哉！当是之时，而欲使之俯首为三公，宜其不屑就也。史臣不察，乃以之与周党同称。夫周党特一隐士耳，岂若子陵友真主于潜龙之日，而琢磨讲贯，隐然有功于中兴之业者哉！余尝题钓台云："平生谨敕刘文叔，却与狂奴意气投。激发潜龙云雨志，了知功跨邓元侯。""讲磨潜佐汉中兴，岂是空标处士名。堪笑史臣无卓识，却将周党与同称。"

来　苏　渡

修水深山间有小溪，其渡曰"来苏"。盖子由贬高安监酒时，东坡来访之，经过此渡，乡人以为荣，故名以"来苏"。呜呼！当时小人媒蘖摧挫，欲置之死地，而其所经过之地，溪翁野叟亦以为光华，人心是非之公，其不可泯如此！所谓"石压笋斜出"者是也。

一 钱 斩 吏

张乖崖为崇阳令,一吏自库中出,视其鬓傍巾下有一钱,诘之,乃库中钱也。乖崖命杖之,吏勃然曰:"一钱何足道,乃杖我耶?尔能杖我,不能斩我也!"乖崖援笔判曰:"一日一钱,千日一千。绳锯木断,水滴石穿。"自仗剑,下阶斩其首,申台府自劾。崇阳人至今传之。盖自五代以来,军卒凌将帅,胥吏凌长官,余风至此时犹未尽除。乖崖此举,非为一钱而设,其意深矣,其事伟矣。

冯 三 元

冯京字当世,鄂州咸宁人。其父商也,壮岁无子。将如京师,其妻授以白金数箧,曰:"君未有子,可以此为买妾之资。"及至京师,买一妾,立券偿钱矣。问妾所自来,涕泣不肯言,固问之,乃言其父有官,因纲运欠折,鬻妾以为赔偿之计。遂恻然不忍犯,遣还其父,不索其钱。及归,妻问买妾安在,具告以故。妻曰:"君用心如此,何患无子!"居数月,妻有娠,将诞,里中人皆梦鼓吹喧阗迎状元,京乃生。家贫甚,读书于灊山僧舍。僧有犬,京与共学者烹食之。僧诉之县,县令命作《偷狗赋》,援笔立成,警联云:"团饭引来,喜掉续貂之尾;索绳牵去,惊回顾兔之头。"令击节,释之,延之上座。明年,遂作三元。有诗号《灊山集》,皆其未遇时所作,如"琴弹夜月龙魂冷,剑击秋风鬼胆粗","吟气老怀长剑古,醉胸横得太行宽","尘埃掉臂离长陌,琴酒和云入旧山","丰年足酒容身易,世路无媒着脚难",皆不凡。

西 山 生 祠

真西山帅长沙,郡人为立生祠。一夕,有大书一诗于壁间者,其辞云:"举世知公不爱名,湘人苦欲置丹青。西天又出一活佛,南极添成两寿星。几百年方钟间气,八千春愿祝修龄。不须更作生祠记,四海苍生口是铭。”

庐 陵 苗 盐

庐陵苗斛，元额三十六万。承平时，民户纳苗一斛，官支与盐二斗五升，盖优之也。龙泉、太和两县，去郡差远，添支一升。渡江以来，非惟官不支盐，反勒民户纳盐。由是输苗一斛者，并盐为一斛二斗五升，而两县亦皆增纳一升。今世和买官，不支钱而白取，已为可怪。若盐者，乃以其予民之数，而为取民之数，抑又甚矣。然前后牧守，不知几人，曾无一人恻然动心，为之敷奏蠲阁者，是可叹也。

文 章 邪 正

东山先生杨伯子尝为余言：“某昔为宗正丞，真西山以直院兼玉牒宫，尝至某位中，见案上有近时人诗文一编。西山一见，掷之曰：‘宗丞何用看此！’某悚然问故，西山曰：‘此人大非端士，笔头虽写得数句，行所谓本心不正，脉理皆邪，读之将恐染神乱志，非徒无益。’某佩服其言，再三谢之。因言近世如夏英公、丁晋公、王岐公、吕惠卿、林子中、蔡持正辈，亦非无文章，然而君子不道者，皆以是也。”

云 日 对

叶石林云：“杜工部诗对偶至严，而《送杨六判官》云：‘子云清自守，今日起为官。’独不相对切意，‘今日’字当是‘令尹’字传写之讹耳。”余谓不然。此联之工，正为假“云”对“日”。两句一意，乃诗家活法，若作“令尹”字，则索然无神，夫人能道之矣。且送杨姓人，故用子云为切题，岂应又泛然用一令尹耶？如“次第寻书札，呼儿检赠篇”之句，亦是假以“第”对“儿”，诗家此类甚多。

佛本于老庄

道家之教宗老庄,其后乃有神仙形解飞升之说,方士炼丹葆形之术。然《老子》云:"吾有大患,为吾有身;吾既无身,而有何患?"《庄子》云:"予恶乎知悦生之非惑耶?予恶乎知恶死之非弱丧而不知归者邪?丽之姬,艾封人之子也。晋国之始得之也,涕泣沾襟,及其至于王所,与王同匡床,食刍豢,而后悔其泣也。予恶乎知夫死者不悔其始之蕲生乎?"又髑髅谓庄子曰:"子欲闻死之说乎?死无君于上,无臣于下,亦无四时之事,从然以天地为春秋,虽南面王,乐不能过也。"庄子不信曰:"吾使司命复生子形,为子骨肉肌肤,反子父母妻子,闾里知识,子欲之乎?"髑髅深矉蹙额曰:"吾安能弃南面王乐,而复为人间之劳乎?"是老庄之意,以身为赘,以生为苦,以死为乐也。今神仙方士乃欲长生不死,正与老庄之说背而驰矣。佛家所谓"生灭灭已,寂灭为乐",乃老庄之本意也。故老庄与佛,元不为二。欧阳公云:"道家乃贪生之论,佛家乃畏死之论。"此盖未尝深考二家之要旨者也。老庄何尝贪生?瞿昙何尝畏死?贪生畏死之说,仅足以排方士而已。韩文公、欧阳公皆不曾深看佛书,故但能攻其皮毛。唯朱文公早年洞究释氏之旨,故其言曰:"佛说尽出老庄,今道家有老庄书不看,尽为释氏窃而用之,却去仿效释氏作经教之属。如《清净》、《消灾》、《度人》等经,模拟可笑,而《北斗经》尤鄙俚。譬如巨室弟子,所有珍宝悉为人盗去,却去收人家破瓮破釜。"此论窥见其骨髓矣。然非特文公之言为然,唐傅奕曰:"佛入中国,文件孅儿幼夫模象庄老以文饰之。"则固已知其出于庄老矣。

猫 捕 鼠

唐武后断王后萧妃之手足,置于酒瓮中,曰:"使此二婢骨醉。"萧妃临死曰:"愿武为鼠吾为猫,生生世世扼其喉。"亦可悲矣。今俗闻相传谓猫为天子妃者,盖本此也。予自读唐史此段,每见猫得鼠,未尝不为之称快。人心之公愤，有千万年而不可磨灭者。尝有诗云：
"陋室偏遭黠鼠欺，狸奴虽小策勋奇。扼喉莫讶无遗力，应记当年骨
醉时。"

转　丸　鸣　镝

杨东山云："凡处事须是心如转丸，手如鸣镝。"

乙编卷五

启运官望祭殿

　　福州启运官在开元寺，有七祖艺祖至哲宗。御容塑像，乃西京陵寝之旧，南渡之初，迎奉于此。时金兵俶扰，仓忙之间，载以篮舆七乘，至今犹存。别造朱辇七乘，列于殿庑。专差中官一员主香火，谓之"直殿"。节序，朝廷遣快行家赍送香烛，帅守与直殿同致祭。每位用朱盘列食十数品，酒三献云。临安净慈寺后有望祭殿，每岁寒食，朝廷差官一员，望祭西京诸陵。差升朝官读祝版，其词云："历正仲春，感载濡于雨露；心驰西洛，怅遐阻于山川。恭惟某祖某宗，灵鉴在天，圣谟传后。后曰徽音。秩上陵之典礼，徒切望思；莅寓祭之权宜，愈深怆慕。"其礼用盘食，茶汤，三献酒。余观柳子厚云："每遇寒食，田野道路，士女遍满。皂隶庸丐，皆得上父母丘墓，马医夏畦之鬼，无不受子孙追养者。"今以万乘之主，乃不获遂此志，至于寓祭，此前古之所未有也。端平初，金房既灭，朝廷亦尝遣使修朝陵之礼。荆、襄以兵五千护之，未至西京，谍报敌骑且至，兵不敢进。使者潜偕数骑星驰而往，行礼而还。其诸陵之无恙与否，皆不可究诘也。

就　斋　诗

　　吾郡罗椿字永年，诚斋高弟也。清贫入骨，一介不取，颇有李方叔、谢无逸风味。累年举于礼部，竟不第。自号"就斋"。尝访诚斋于毗陵，诚斋作诗送之归曰："梅花香边踏雪来，杏花影里带春回。明朝解缆还千里，今日看花更一杯。谁遣文章太惊俗，何缘场屋不遗才？南溪鸥鹭如相问，为报春吟费麝煤。"庆元初，诚斋与朱文公同召，诚斋力辞。永年寄诗云："不愁风月只忧时，发为君王寸寸丝。司马要为元祐起，西枢政坐寿皇知。苦辞君命惊凡子，清对梅花更与谁？梦绕师门三稽首，起敲冰砚诉相思。"诚斋击节。又《送永丰汪令》诗云："锦缆梅花浦，江南作县归。新来荐鹓庑，惊动衮龙衣。岁晚情难别，心亲事却违。恐君天上去，扶病出烟霏。"颇有少陵意态。他如"露湿看花脚，莺啼欲晓山"、"春消千嶂雪，清逼五湖秋"等句，皆佳。

大 臣 赐 家 庙

本朝大臣赐家庙者：文彦博、蔡京、郑居中、邓洵武、余深、侯蒙、薛昂、白时中、童贯、秦桧、杨存中、吴玠、虞允文、史弥远，凡十四人。

古 妇 人

《国风》云："岂无膏沐，谁适为容。"又云："予发曲局，薄言归沐。"盖古之妇人，夫不在家则不为容饰也。其远嫌防微，至于如此。杜陵《新昏别》云："自嗟贫家女，久致罗襦裳。罗襦不复施，对君洗红妆。"尤可悲矣。《国风》之后，唯杜陵不可及者，此类是也。

碑 铭

古人立碑，庙以系牲，墓以下棺。厥后乃刻岁月，或识事始末，盖亦因而文之耳。若《汤盘铭》、《太公丹书》所载诸铭，亦因所用器物著辞以自警，未尝为徒文也。后世特立石以纪事述言，而谓之碑铭，与古异矣。杜元凯铭功于二石，一置岘山之上，一沉汉水之中。韩退之谓张愉曰："丐我一片石，载二妃庙事，且令后世知有子名。"后世好名之弊，至于如此。

戒 更 革

赵韩王为相，置二大瓮于坐屏后。凡有人投利害文字，皆置其中,满即焚之于通衢。李文靖公曰:"沉居重位,实无补万分,唯中外所陈利害,一切报罢之,惟此少以报国尔。朝廷防制,纤悉备具,或狥所陈请,施行一事,即所伤多矣。"陆象山云:"往时充员救局,浮食是惭。惟是四方奏请,廷臣面对,有所建置更革,多下看详。其或书生贵游,不谙民事,轻于献计,不知一旦施行,片纸之出,兆姓蒙害。每与同官悉意论驳,朝廷清明,常得寝罢。编摩之事,稽考之勤,顾何足以当大官之膳,或庶几者,仅此可以偿万一耳。"凡此皆至论。夫子曰:"仍旧贯,何必改作?"古人曰:利不什,不变法。甚言更革建置之不可轻也。或曰:若是,则将坐视天下之弊,而不之救欤? 余曰:不然。革弊以存法,可也;因弊而变法,不可也。不守法则弊生,非法之足以生弊也。若韩、范之建明于庆历者,革弊以存法也;荆公之施行于熙宁者,因弊而变法也。一得一失,盖可睹矣。或曰:荆公有志于二帝三王之法度,岂可厚诽乎? 余曰:有志于二帝三王,当自格君心始,不当自变法度始。有尧舜之君,则有尧舜之治;有禹汤之君,则有禹汤之治,法度云乎哉! 否则,王莽之井田,房琯之车战,适足以贻千古之诮耳。朱文公云:"浙间学者,推尊《史记》,谓《夏纪赞》用行夏之时事,《商纪赞》用乘殷之辂事,至《高祖纪赞》则曰:朝以十月,黄屋左纛。讥其不用夏时商辂也。迁之意诚恐是如此,但若使高祖真能行夏时、乘商辂,亦只是汉高祖,终不可谓之禹汤。"

潘 默 成

潘良贵字子贱,自少有气节。崇观间为馆职,不肯游蔡京父子间。使淮南,不肯与中官同燕席。靖康召对,力论时宰何㮚、唐恪误国。未几,言皆验。建炎初,召为右司谏,首论乱臣逆党,当用重法以正邦典,壮国威,且及当时用事者奸邪之状,大为汪、黄所忌。书奏三日,左迁而去,复召为右史。从臣向子諲奏事,高宗因与论笔法,言久不辍。子贱举笏近前,厉声曰:"向子諲以无益之言,久渎圣听!"叱之使下,左右皆胆落,由是又去国。晚年力量尤凝定,秦桧势正炎炎,冷处一角,笑傲泉石。作《三戒说》,深以在得之规,痛自警励。秦虽令人致语,亦不答。自少至老,出入三朝,而前后在官不过八百六十余日。所居仅蔽风雨,郭外无尺寸之田。经界法行,独以丘墓之寄,输帛数尺而已。有《磨镜帖》行于世,言读书者将以治心养性,如用药以磨镜也。若积药镜上而不加磨治,未必不反为镜累,张禹、孔光是已。其大意如此,世以为名言。子贱自号默成居士。

诸 葛 武 侯

　　伊尹,禄之以天下,不顾也;系马千驷,弗受也。天下信之久矣,故事汤、事桀,废辟复辟,不惟天下不以为疑,而桀与太甲亦无一毫疑忌之心。东坡论之曰:"办天下之大事者,有天下之大节者也。立天下之大节者,狭天下者也。夫以天下之大,而不足以动其心,则天下之大节有不足立,而大事有不足办者矣。"此论甚当。后世唯诸葛武侯有伊尹风味。其草庐三顾而后起,与耕莘聘币,已略相类。观其告后主曰:"臣成都有桑八百株,薄田十五顷,子弟衣食,自有余饶。臣身在外,别无调度,不别治生,以长尺寸。若死之日,不使库有余帛,廪有余粟,以负陛下。"观此言,则其视富贵为何等物!故先主临终谓之曰:"嗣子可辅,辅之;如其不然,君可自取。"非先主照见孔明肝胆,其肯发此言!虽然先主、孔明鱼水相得,发此言无难也,此言之发,后主与左右固皆闻之矣。后主非明君也,左右非无谗慝也,孔明所谓诸有作奸犯科者,宜付外廷论刑,所以绳束左右者,非不甚严也。而当时曾无一人敢兴单辞之谤,后主倚信亦卒无纤芥之疑,何哉?只缘平时心事暴白,足以取信上下故也。自三代而后,可谓绝无而仅有矣。后之君子,争一阶半级,虽杀人亦为之。自少至老,贪荣嗜利如飞蛾之赴烛,蜗牛之升壁,青蝇之逐臭,而曰"我能立大节、办大事",其谁能信之!

殽 核 对 答

　　杨东山尝为余言:"昔周益公、洪容斋尝侍寿皇宴。因谈殽核,上问容斋:'卿乡里何所产?'容斋番阳人也,对曰:'沙地马蹄鳖,雪天牛尾狸。'又问益公。公庐陵人也,对曰:'金柑玉版笋,银杏水精葱。'上吟赏。又问一侍从,忘其名,浙人也,对曰:'螺头新妇臂,龟脚老婆牙。'四者皆海鲜也。上为之一笑。某尝陋三公之对。昔某帅五羊时,漕仓市舶三使者,皆闽浙人,酒边各盛言其乡里果核鱼虾之美。渠问某乡里何所产,某笑曰:'他无所产,但产一欧阳子耳。'三公笑且惭。"

初 筮 谒 郡

杨东山言:"某初筮为永州零陵主簿,太守赵谧字安卿,丞相元镇子也。初参之时,客将传言,待众官退却请主簿。客退,赵具冠裳,端坐堂上。凡再请,某不动,三请,某解其意,遂庭趋一揖,上阶禀叙,逐一还他礼数。既毕,立问何日交割,禀以欲就某日。答曰:'可一面交割。'一揖径入,更不与言延坐。某退,而抑郁几成疾。以书白诚斋,欲弃官而归。诚斋报曰:'此乃教诲吾子也,他日得力处当在此。'某意犹未平,后涉历稍深,方知此公善教人,尚有前辈典刑。"朱文公曰:"人家子弟初出仕宦,须是讨吃人打骂底差遣,方是有益。"亦此意。

柔 福 帝 姬

汉昭帝时,夏阳男子成方遂居湖,有故太子舍人谓之曰:"子貌甚似卫太子。"方遂利其言,乃乘黄犊车诣北阙,自称卫太子。公卿以下,莫敢发言。隽不疑后至,叱吏收缚,竟得其奸。靖康之乱,柔福帝姬随北狩。建炎四年,有女子诣阙,称为柔福,自虏中潜归。诏遣老宫人视之,其貌良是。问以宫禁旧事,略能言仿佛,但以足长大疑之。女子颦蹙曰:"金人驱迫如牛羊,跣足行万里,宁复故态哉?"上恻然,不疑其诈,即诏入宫,授福国长公主,下降高世荣。汪龙溪行制词云:"彭城方急,鲁元尝困于面驰;江左既兴,益寿宜充于禁脔。"资妆一万八千缗。绍兴十二年,显仁太后回銮,言柔福死于虏中久矣,始知其诈。执付诏狱,乃一女巫也。尝遇一宫婢,谓之曰:"子貌甚类柔福。"因告以宫禁事,教之为诈。遂伏诛。前后请给锡赉计四十七万九千缗。古今事未尝无对,成方遂遇隽不疑,故其诈不行。此女巫若非显仁之归,富贵终身矣。

鬻 祠 庙

荆公行新法,鬻坊场河渡,司农又请并祠庙鬻之。官既得钱,听民为贾区,庙中秽杂喧践,无所不至。张安道知南京,上疏言:"宋王业所基也,而以火德王。阏伯封于商丘,以主大火,微子为宋始封,此二祠者,独不可免于鬻乎?"神考览之震怒,批曰:"慢神辱国,无甚于斯!"于是天下祠庙皆得免鬻。近时豫章尝于孺子亭卖酒,刘潜夫题诗云:"孺子亭前插酒旗,游人那解荐江蓠。白鸥欲下还飞起,曾见当年解榻时。"帅闻之,亟令住卖。嘉定间,临安西湖上三贤堂亦卖酒,太学士人题诗云:"和靖东坡白乐天,几年秋菊荐寒泉。如今往事都休问,且为官司趁酒钱。"府尹闻之,亦愧而止。

蕲 黄 二 守

嘉定辛卯三月,金人围黄州,诏冯榯援蕲、黄。榯迁延不进,黄州守何大节字中立,召僚佐告之曰:"城危矣,而救不至,诸君多有亲老,且非守土之臣,可以死,可以无死。"乃各予以差出之檄,使为去计。自取郡印佩之,誓以死守。一夕,舆兵忽奔告曰:"城陷矣!"拥之登车,才出门,虏兵已纷集,大节竟自沉于江。未一月,又陷蕲州。守李诚之字茂钦,手杀其妻子奴婢,然后自杀,官属多死之。朝廷褒赠诚之,且为立庙。而《宁宗帝纪》书"大节弃城遁"。二人皆出太学。刘潜夫诗云:"淮壖便合营双庙,太学今方出二儒。"又云:"世俗今犹疑许远,君王元未识真卿。"盖为中立解嘲。然等死耳,茂钦果决,是以全节;中立迟懦,是以败名。忠臣义士,可以鉴矣。

俭　　约

李若谷为长社令,日悬百钱于壁,用尽即止。东坡谪齐安,日用不过百五十。每月朔,取钱四千五百,断为三十块,挂屋梁上,平旦用画叉挑取一块,即藏去。又以竹筒贮用不尽者,以待宾客,云:“此贾耘老法也。”又与李公择书云:“口腹之欲,何穷之有。每加节俭,亦是惜福延寿之道。”张无垢云:“余平生贫困,处之亦自有法。每日用度不过数十钱,亦自足,至今不易也。”有客自耒阳来,言郑亨仲日以数十钱悬壁间,椒桂葱姜皆约以一二钱,曰:“吾平生贫苦,晚年登第,稍觉快意,便成奇祸。今学张子韶法,要见旧时齑盐风味甚长久也。”仇泰然守四明,与一幕官极相得。一日,问及公家日用多少,对以“十口之家,日用一千”。泰然曰:“何用许多钱?”曰:“早具少肉,晚菜羹。”泰然惊曰:“某为太守,居常不敢食肉,只是吃菜;公为小官,乃敢食肉,定非廉士。”自尔见疏。余尝谓节俭之益非止一端,大凡贪淫之过,未有不生于奢侈者,俭则不贪不淫,是可以养德也。人之受用自有剂量,省啬淡薄,有久长之理,是可以养寿也。醉酿饱鲜,昏人神志,若疏食菜羹,则肠胃清虚,无滓无秽,是可以养神也。奢则妄取苟求,志气卑辱,一从俭约,则于人无求,于己无愧,是可以养气也。故老氏以为一宝。

断　　决

吴请成于越,勾践欲许之,范蠡不可;楚求和于汉,高帝欲许之,张良不可。此霸王成否之机也,二子亦明决矣哉。故曰:需者事之贼。又曰:当断不断,反受其乱。

臣诌主愚

桓玄篡位,登御床,地忽陷,群臣失色。殷仲文曰:“良由圣德深厚，地不能载。”玄大悦。南燕汝水不冰，燕王超恶之，李超曰：“良由逼带京城，近日月也。”燕王亦大悦。下谄上愚，可发一笑。

针 熨 道 人

朱文公有足疾，尝有道人为施针熨之术，旋觉轻安。公大喜，厚谢之，且赠以诗云：“几载相扶藉瘦筇，一针还觉有奇功。出门放杖儿童笑，不是从前勃窣翁。”道人得诗，径去。未数日，足疾大作，甚于未针时。亟令人寻逐道人，已莫知其所往矣。公叹息曰：“某非欲罪之，但欲追索其诗，恐其持此误他人尔。”

檀 弓 脱 句

《礼记·檀弓》：子贡曰：“泰山其颓，则吾将安仰？梁木其坏，哲人其萎，则吾将安仿？”吾郡刘尚书美中家有古本《礼记》，“梁木其坏”之下有“则吾将安仗”五字。

女 戒

朱文公尝病《女戒》鄙浅，欲别集古语成一书。立篇目曰《正静》，曰《卑弱》，曰《孝爱》，曰《和睦》，曰《俭质》，曰《宽惠》，曰《讲学》。且言如杜诗云：“嗟汝未嫁女，秉心郁忡忡。防身动如律，竭力机杼中。”凡此等句便可入《正静》，他皆仿此。尝以书属静春先生刘子澄纂辑，迄不能成。公盖欲以配小学书也。

二 老 相 访

庆元间，周益公以宰相退休，杨诚斋以秘书监退休，实为吾邦二大老。益公尝访诚斋于南溪之上，留诗云：“杨监全胜贺监家，赐湖岂比赐书华。诚斋二字，光宗御书。回环自辟三三径，诚斋东园有三三径，其诗云：“三

径初开自蒋卿,再开三径是渊明。诚斋奄有三三径,一径花开一径行。"顷刻能开七七
花。门外有田供伏腊,望中无处不烟霞。却惭下客非摩诘,无画无诗
只谩夸。"诚斋和云:"相国来临处士家,山间草木也光华。高轩行李
能过李,小队寻花到浣花。留赠新诗光夺月,端令老子气成霞。未论
藏去传贻厥,拈向田夫野老夸。"好事者绘以为图,诚斋题云:"平叔曾
过魏秀才,何如老子致元台。苍松白石青苔径,也不传呼宰相来。"用
魏野诗翻案也。厥后诚斋冢嗣东山先生伯子,端平初累辞召命,以集
英殿修撰致仕家居,年八十。云巢曾无疑,益公门人也,年尤高,尝携
茶袖诗访伯子,其诗云:"襄衣不待履霜回,到得如今亦乐哉。泓颖有
时供戏剧,轩裳无用任尘埃。眉头犹自怀千恨,兴到何如酒一杯。知
道华山方睡觉,打门聊伴茗奴来。"伯子和云:"雪舟不肯半涂回,直到
荒林意盛哉。篱菊苞时披宿雾,木犀香里绝纤埃。锦心绣口垂金蕴,
月露天浆贮玉杯。八十仙翁能许健,片云得得出巢来。"其风味庶几
可亚前二老云。无疑博学工文,尤精考订,有《本朝新旧官制考》行于
世。以隐逸召为秘阁校勘,吾党之士多劝其毋出,而无疑竟出。先君
竹谷老人送以诗云:"泰华山人上赤墀,上嗟安在见何迟。老于尚父
投竿日,少似辕生对策时。怨鹤惊猿辞旧隐,鞭鸾笞凤总新知。早陈
经国平边策,归领云巢旧住持。"无疑立朝逾年,除大社令,未及有所
开陈,奉祠而归,年九十乃终。

汉 二 献

周益公云:"汉二献皆好书,而其传国皆最远。士大夫家,其可使
读书种子衰息乎?"

风 香

杜陵诗云:"色难臭腐食风香。"色难臭腐,用仙家王方平事。独
"食风香"三字,解者不注所出。余观佛书云:凡诸所齅风与香等。
意杜陵用此。

示 俭

宋高祖留葛灯笼、麻蝇拂于阴室,唐太宗留柞木梳、黑角篦于寝宫,以此示后,后世犹奢。

识 字

西汉诸儒,扬子云独称识字。韩文公云:"凡为文者,宜略识字。"则识字岂易乎哉? 晁景迂晚年日课识十五字。杨诚斋云:"无事好看韵书。"

万 卷 百 车

唐李渤问归宗禅师曰:"须弥纳芥子,仆即不疑。芥子藏须弥,恐无是理。"归宗曰:"人言学士读万卷书,是否?"渤曰:"然。"归宗曰:"是心如椰子大,万卷书从何处着?"荆公诗云:"巫医之所知,瞽史之所业,载车必百两,独以方寸摄。"即归宗之意。余谓一心具一太极,前辈谓鹏抟鹍运,不足计其高深;日升月沉,不足计其广狭。万卷、百车,又何足道!

汤 武

汤、武应天顺人之举,实出于伊尹、太公。汤五遣伊尹适夏,意亦可见。伊尹既丑有夏,遂相汤伐桀,《诗》曰:"实维阿衡,实左右商王。"不言汤用伊尹也。《书》之誓有以地言者,《甘誓》是也;有以人言者,《汤誓》是也;有以国言者,《秦誓》是也。《泰誓》,《左传》、《孟子》皆谓之《太誓》,古字"泰"、"太"通。前辈谓伐商之谋,实本于太公,故以名誓。《诗》曰:"维师尚父,时维鹰扬。凉彼武王,肆伐大商。"不言武王用太公也。汤、武非富天下之志,于此可见。虽然,夫子则不以是而恕汤、武也。序《书》之词曰汤胜夏，曰武王胜殷杀受，未尝分其罪于伊尹、太公。此与《春秋》书许世子止赵盾同一笔也。东坡《海外论》可谓深识周、孔之心矣。余尝疑商之取夏，周之取商，一也。汤崩而太甲不明，甚于成王之幼冲矣。然夏人帖然，未尝萌蠢动之心。及武王既丧，商人不靖，观《鸱鸮》、《小毖》之诗，悲哀急迫，岌岌然若不可以一朝居，何也？汤放桀于南巢，盖亦听其自屏于一方而终耳，未至如以黄钺斩纣之甚也。故夏人之痛，不如商人。夫以怀王之死，楚人尚且悲愤不已，有"楚虽三户，亡秦必楚"之语，况六百年仁恩之所渗洒者哉！当是时，若非以周公之圣，消息弥缝于其间，则周之复为商也决矣。且汤既胜夏，犹有惭德，栗栗危惧，若将陨于深渊。至于武王，则全无此等意思矣。由是论之，汤、武亦岂可并言哉！朱文公云："成汤圣敬日跻，与盘铭数语，犹有细密工夫，至武王，往往并不见其切己事。"

景 不 训 仰

《诗》曰："高山仰止，景行行止。"景，明也。谓所行之光明也。世俗有"景仰"、"景慕"之语，遂失其义。妄以"景"训"仰"，多取前贤名姓，加"景"字于上以为字，如景周、景颜之类，失之矣。前史王景略、近世范景仁，何尝以景为仰哉？真西山旧字景元，后悟其非，乃改为希元云。

始 皇 袁 绍

始皇为楚所败，尚能谢王翦；袁绍为魏所败，乃至杀田丰。欲不亡，得乎？

一 联 八 意

杜陵诗云："万里悲秋常作客，百年多病独登台。"盖万里，地之远也。秋,时之惨凄也。作客,羁旅也。常作客,久旅也。百年,齿暮也。多病,衰疾也。台高,迥处也。独登,台无亲朋也。十四字之间含八意,而对偶又精确。

乙编卷六

兄 弟 偈

法昭禅师偈云:"同气连枝各自荣,些些言语莫伤情。一回相见一回老,能得几时为弟兄。"词意蔼然,足以启人友于之爱。然余尝谓人伦有五,而兄弟相处之日最长。君臣之遇合,朋友之会聚,久速固难必也。父之生子,妻之配夫,其早者皆以二十岁为率。惟兄弟或一二年,或四三年,相继而生,自竹马游戏,以至骀背鹤发,其相与周旋,多者至七八十年之久。若恩意浃洽,猜间不生,其乐岂有涯哉!近时有周益公以太傅退休,其兄乘成先生以将作监丞退休,年皆八十,诗酒相娱者终其身。章泉赵昌甫兄弟亦俱隐玉山之下,苍颜华发,相从于泉石之间,皆年近九十,真人间至乐之事,亦人间希有之事也。

乌 石 题 名

严州乌石寺在高山之上,有岳武穆飞、张循王俊、刘太尉光世题名。刘不能书,令侍儿意真代书。姜尧章题诗云:"诸老凋零极可哀,尚留名姓压崔嵬。刘郎可是疏文墨,几点燕支涴绿苔。"

临 事 之 智

大凡临事无大小,皆贵乎智。智者何?随机应变,足以弭患济事者是也。张乖崖守蜀,兵火之余,人怀反侧。一日,大阅方出,军众忽嵩呼,乖崖亦下马,随众东北望三呼,揽辔复行,众不敢欢。真宗不豫,李文定公以宰相宿内祈禳。时太子尚幼,八大王元俨者颇有威名,问疾留禁中,累日不出,执政患之。偶翰林司以金盂贮熟水过,问之，曰："王所需也。"文定取案上墨笔搅水中，尽黑。王见之大骇，意其为毒也，即上马去。文潞公知成都，大雪，会客帐下。卒有诽语，共拆井亭，烧以御寒，军将以闻。公徐曰："今夜诚寒，亭弊矣，正欲改造，更有一亭，可尽拆为薪。"乐饮如常。明日乃究问先拆亭者，杖而流之。前辈如此类甚多，皆所谓智也。小而文潞公幼年之浮球，司马公幼年之击瓮，亦皆于仓卒之中有变通之术。世传赵从善尹临安，宦寺欲窘之。一日，内索朱红卓子三百只，限一日办。从善命于市中取茶卓一样三百只，糊以清江纸，用朱漆涂之，咄嗟而成。两宫幸聚景园回，索火炬三千枝，限以时刻。从善命于娼家取竹帘束之，顷刻而办。辛幼安在长沙，欲于后圃建楼赏中秋，时已八月初旬矣，吏白："他皆可办，唯瓦难办。"幼安命于市上每家以钱一百赁檐前瓦二十片，限两月以瓦收钱，于是瓦不可胜用。嘉熙间，江西峒丁反，吉州万安宰黄炳鸠兵守备。一日五更，探报寇且至，炳亟遣巡尉领兵迎敌。众皆曰："枵腹奈何？"炳曰："第速行，饭即至矣。"炳乃率吏辈携竹箩、木桶，沿市民之门曰："知县买饭。"时人家晨炊方熟，皆有热饭、熟水，厚酬其直，负之以行。于是士卒皆饱餐，一战破寇。由此论功，擢守临川，兼庚节。

雨晴诗

杜陵诗云："雨晴山不改，晴罢峡如新。"言或雨或晴，山之体本无改变，然既雨初晴，则山之精神焕然乃如新焉。朱文公寄《籍溪胡原仲》诗云："瓮牖前头翠作屏，晚来相对静仪刑。浮云一任闲舒卷，万古青山只么青。"胡五峰见之，以为有体而无用，乃赓之曰："幽人偏爱青山好，为是青山青不老。山中云出雨乾坤，洗出一番青更好。"文公用杜上句意，五峰用杜下句意，然杜只是写物，二公则以喻道。

善师

善师者不陈，善陈者不战。琴以不鼓为妙，棋以不着为高。

子　家　羁

子家羁不欲昭公与季氏立异,子家羁岂党季氏者乎? 陈平、周勃不与吕氏立异,平、勃岂党吕氏者乎? 狄仁杰不与武氏立异,仁杰岂党武氏者乎? 处事变者,须识此意。虽然夫子三都之堕,王陵庭争之语,骆宾王举兵之檄,亦不可少也。声大义者,张胆而明目;定大策者,潜虑而密谋。

中　兴　赋　联

绍兴间,黄公度榜第三人陈名上字系光宗庙讳。修,福州人。解试"四海想中兴之美赋",第五韵隔对云:"葱岭金堤,不日复广轮之土;泰山玉牒,何时清封禅之尘。"时诸郡试卷多经御览,高宗亲书此联于幅纸,黏之殿壁。及唱名,玉音云:"卿便是陈修?"吟诵此联,凄然出涕。问:"卿年几何?"对曰:"臣年七十三。"问:"卿有几子?"对曰:"臣尚未娶。"乃诏出内人施氏嫁之,年三十,资奁甚厚。时人戏为之语曰:"新人若问郎年几,五十年前二十三。"其年第五人方耒,兴化人。解试"中兴日月可冀赋",一联云:"伫观僚属,复光司隶之仪;忍死须臾,咸泣山东之泪。"亦经御览,亲笔录记。唱名日,特命加一资。上恢复初志,随寓发见,感愤如此,而卒于不遂。秦桧之罪,可胜诛乎!

晏　先

淳熙间,庐陵有恶少子曰晏先,以杀人减等流岭南。行有日,逢其党二人于市,晏目之曰:"盍免我乎?"二人不应而去。行数日,送徒者节其饮食,有害之之意。一夕,止旅舍,二人者忽来,为酒馔飨晏及送徒者,尽夕歌呼,至晓偕行。过荒林间,二人以白金一笏掷于地,抽刃言曰:"晏,吾兄弟也。汝能释使逃,请以此金为谢;不然,不能俱生矣!"送徒者欣然破械纵去,为疑冢道傍而反。越三十年,晏自淮驾巨舰来归,资货巨万。访二人,皆死矣,妻子方贫,不能自活。晏哭祭其墓,尽哀,厚遗其妻子乃去。郑毅夫《过朱亥墓》诗云:"高论唐虞儒者事,卖君负国岂胜言。凭君莫笑金椎陋,却是屠沽解报恩。"谅哉!

老　马

《韩子》:"管仲、隰朋从桓公伐孤竹,春往而冬反,迷惑失道。管仲曰:'老马之智可用也。'乃放老马而随之,遂得道焉。"杜陵诗云:"古来存老马,不必取长途。"用此事也。东坡代滕达道疏云:"自念旧臣,譬之老马,虽筋力已衰,不堪致远,而经涉险阻,粗识道路。"又用杜诗意。

师　子　骢

唐太宗末年,谶家明言女主昌,又明言为武氏,又明言其人已在宫中,乃以疑似杀李君羡,过矣。则天当时特一宫嫔,诚无可疑之迹,然史载太宗有骏马曰"师子骢",极猛悍,太宗亲控驭之,不能驯。则天时侍侧,曰:"惟妾能制之。"太宗问其术,对曰:"妾有三物:始则捶以铁鞭;不服,则击以铁挝;又不服,则以匕首断其喉尔。"由此观之,其英烈猛厉之气亦自发露,特太宗不之觉耳。则天后来驾驭群臣,专用此术。

无 思 无 为

袁和叔云:"非木非石,无思无为。"杨敬仲深爱其语,故铭其墓曰:"和叔之觉,人所未知。非木非石,无思无为。"盖以为造极之语也。然余观苏颍滨《论语解》云:"火必有光,心必有思。圣人无思,非无思也。外无物,内无我,物我既尽,心全而不乱。物至而知可否,可者作,不可者止。因其自然,而吾未尝思,未尝为,此所谓无思无为也。如使顽然不动,与木石为偶,而谓之无思无为,则亦何以通天下之故哉!"此说即和叔之说也,岂敬仲未之见耶?禅家去昏散病,绝断常坑,盖昏与断,则如木如石矣;散与常,则妄思妄为矣。又云:"贵真空,不贵顽空,盖顽空则顽然无知之空,木石是也。若真空,则犹之天焉,湛然寂然,元无一物。然四时自尔行,百物自尔生,粲为日星,瀚为云雾,沛为雨露,轰为雷霆,皆自虚空生,而所谓湛然寂然者,自若也。"颍滨深味禅说,故其论亦此意。

养鸡养虎

内缮己性,当如纪渻之养鸡;外顺物性,当如颜阖之养虎。

了 死 生

渊明诗云:"既来孰不去,人理固有终。居常待其尽,曲肱岂伤冲。"此修身俟死之意也,可谓了死生矣。谢溪堂诗云:"渊明从远公,了此一大事。"余谓渊明性资高迈,岂待从远公而后了?况其言曰:"得知千载外,上赖古人书。"又曰:"羲农去我久,举世少复真。汲汲鲁中叟,弥缝使其淳。"则其于六经、孔孟之书,固已探其微矣,于了死生乎何有?

晚唐诗人

晚唐诗绮靡乏风骨,或者薄之,且因王维、储光羲辈,而并薄其人。然气节之士亦往往出于其间。昭宗末年,朱温篡形已成。韩偓在翰林,苏检数为经营入相,偓怒曰:"公不能有所为,今朝夕不济,乃欲以此相污耶!"昭宗欲相偓,偓辞,而荐赵崇。崔胤怒,使温谮而逐之。昭宗与之泣别,偓泣曰:"臣得远贬及死乃幸,不忍见篡弑之辱也。"司空图初为礼部员外郎,弃官隐居王官谷,累征不起。柳灿以诏书征之,图惧,诣洛阳入见,佯为衰野,坠笏失仪。乃下诏以为傲代钓名,放还山。罗隐乾符中举进士十上不第,黄巢乱,归依钱镠。及朱温篡,诏至,痛哭劝镠举义,镠不能从。温闻其名,以谏议大夫招之,不就,事镠终于著作佐郎。若三子者,又可以晚唐诗人薄之乎?

诗　叠　字

诗有一句叠三字者,如吴融《秋树》诗云"一声南雁已先红,摵摵凄凄叶叶同"是也。有一句连三字者,如刘驾云"树树树梢啼晓莺,夜夜夜深闻子规"是也。有两句连三字者,如白乐天云"新诗三十轴,轴轴金玉声"是也。有三联叠字者,如古诗云"青青河畔草,郁郁园中柳。盈盈楼上女,皎皎当窗牖。娥娥红粉妆,纤纤出素手"是也。有七联叠字者,昌黎《南山》诗云"延延离又属,夬夬叛还遘。喁喁鱼闯萍,落落月经宿。闯闯树墙垣,巇巇架库厩。参参削剑戟,焕焕衔莹琇。敷敷花披萼,闟闟屋摧雷。悠悠舒而安,兀兀狂以狃。超超出犹奔,蠢蠢骇不懋"是也。近时李易安词云:"寻寻觅觅,冷冷清清,凄凄惨惨戚戚。"起头连叠七字,以一妇人,乃能创意出奇如此。

应　世　守　己

无可无不可,应世法也;有为有不为,守己法也。

韩　璜　廉　按

绍兴中,王铁帅番禺,有狼藉声。朝廷除司谏韩璜为广东提刑,令往廉按。宪治在韶阳,韩才建台,即行部诣番禺。王忧甚,寝食俱废。有姜故钱塘倡也,问:"主公何忧?"王告之故。姜曰:"不足忧也。璜即韩九,字叔夏,旧游妾家,最好欢。须其来,强邀之饮,妾当有以败其守。"已而韩至,王郊迎,不见,入城乃见,岸上不交一谈。次日报谒,王宿治具于别馆。茶罢,邀游郡圃,不许;固请,乃可。至别馆,水陆毕陈,伎乐大作,韩踧踖不安。王麾去伎乐,阴命诸娟淡妆,诈作姬侍,迎入后堂剧饮。酒半,妾于帘内歌韩昔日所赠之词,韩闻之心动,狂不自制,曰:"汝乃在此耶!"即欲见之。妾隔帘故邀其满引,至再至三,终不肯出,韩心益急。妾曰:"司谏曩在妾家,最善舞,今日能为妾舞一曲,即当出也。"韩醉甚,不知所以,即索舞衫,涂抹粉墨,踉蹡而起,忽跌于地。王亟命索轿,诸娼扶掖而登,归船昏然酣寝。五更酒醒,觉衣衫拘绊,索烛览镜,羞愧无以自容。即解舟还台,不敢复有所问。此声流播,旋遭弹劾,王讫善罢。夫子曰:"枨也欲,焉得刚?"韩璜之谓矣。

伯 夷 太 公

太公之鹰扬,伯夷之叩马,道并行而不相悖也。太公处东海之滨,进而以功业济世;伯夷处北海之滨,退而以名节励世。二老者,天下之大老也。故各为世间办一大事,可谓无负文王之所养矣。使伯夷出而任太公之事,则太公亦必退而为伯夷之事,所谓易地则皆然。切意二老受文王之养,平居暇日,同堂合席,念王室之如毁,固欲起而救乱,思冠冕之毁裂,又恐因而阶乱,故水火相济,盐梅相成,各以一事自任。如三仁之自献自靖,或杀身以全节,或归周以全祀,或佯狂以全道,均不失本心之德而已矣,岂故相矛盾哉!观伯夷之谏,太公扶而去之曰义士,意可见矣。

擒 虎 寻 龙

绍兴乙卯,以旱祷雨。谏议大夫赵霈上言:"自来祈祷,断屠止禁猪羊,今后请并禁鹅鸭。"时胡致堂在西掖,见之笑曰:"可谓鹅鸭谏议矣。闻房中有龙虎大王,请以鹅鸭谏议当之。"嘉定中,察院罗相上言,越州多虎,乞行下措置,多方捕杀。正言张次贤上言:"八盘岭乃禁中来龙,乞禁人行。"太学诸生遂有罗擒虎、张寻龙之对。

自　警　诗

胡澹庵十年贬海外，北归之日，饮于湘潭胡氏园，题诗云："君恩许归此一醉，傍有梨颊生微涡。"谓侍妓黎倩也。厥后朱文公见之，题绝句云："十年浮海一身轻，归对黎涡却有情。世上无如人欲险，几人到此误平生。"《文公全集》载此诗，但题曰"自警"云。余观《东坡志林》载张元忠之说曰：苏子卿啮雪啖毡，蹈血出背，可谓了死生之际矣，然不免与胡妇生子，而况洞房绮绣之下乎？乃知此事未易消除。文公之论澹庵，亦犹张元忠之论苏子卿也。近时刘叔友论刘、项曰：项王有吞岳渎意气，咸阳三月火，骸骨乱如麻，哭声惨怛天日，而眉容不敛，是必铁作心肝者。然当垓下诀别之际，宝区血庙，了不经意，惟眷眷一妇人，悲歌怅饮，情不自禁。高帝非天人欤？能决意于太公、吕后，而不能决意于戚夫人。杯羹可分，则笑嫚自若；羽翼已成，则歔欷不止。乃知尤物移人，虽大智大勇不能免。由是言之，"世上无如人欲险"，信哉！

虞　宾

尧不以天下与丹朱而与舜，世皆谓圣人至公无我，知爱天下而不知爱其子。余谓帝尧此举固所以爱天下也，尤所以爱丹朱也。异时云行雨施，万国咸宁，虞宾在位，同其福庆，则安家而厚苍生，两得之矣。若使其以傲虐之资，轻居臣民之上，则毒痛四海，不有南巢之放，必有牧野之诛，尚得为爱之乎？曾子曰："君子爱人以德。"庞德公曰："吾遗子孙以安。"尧舜之于子，亦不过爱之以德，遗之以安耳。故爱子者，人之常情也，尧舜岂外人之常情以为异哉？故其书曰"典"。

信　美　楼　记

项平甫作《信美楼记》云："王仲宣之言曰：'虽信美非吾土兮，曾何足以少留。'自仲宣至今千有余年，文士一词，曰'此思归之曲也'，曾未有考其文而论其心者。盖仲宣，汉贵公孙也。少依王室，世受国恩。虽遁身南夏，而系志西周。彼以为抚清、漳、曲、沮之流，不若灞、浐、泾、渭之速清也；览昭丘、陶牧之胜，不若终、嵝、吴、华之亟平也。冀道路之一开，忧日月之逾迈，故戛然以是为不可久留。盖士之出处不齐久矣。充仲宣之赋，当与子美《岳阳楼》五言、太白《凤凰台》长句同帙而共编，不当与张翰思吴之叹、班超玉门之书、马援浪泊西里之念杂然为一议状也。"平甫此论，得仲宣之心矣。仲宣不依曹、黄、二袁而依刘表，意亦可见。故仲宣之忠于汉，陶渊明之忠于晋，罗昭谏之忠于唐，皆诗人文士之识大义有气节者。楼乃胡仲方为荆南抚干时所建，杨诚斋题诗云："大资孙子大参孙，磊隗胸中万卷横。楼上已堆千古恨，晚潮更作断肠声。""古有仲宣今仲方，二楼分贮一秋江。散怀幸有杯中物，莫下南窗下北窗。"亦平甫之意也。

朱温母兄

朱温父诚，以五经教授乡里，号朱五经。温为节度使，其母王氏犹佣食萧县刘崇家。始迎以归，温举觞为寿，启曰："朱五经平生读书，不登一第，有子为节度使，无忝于先人矣。"母恻然良久，曰："汝能至此，可谓英特，然行义未必如先人也。"贤哉此媪，深哉此言。其于朱五经之学，必概尝有闻矣。温篡位之日，与宗戚饮博。酒酣，其兄全昱忽投琼击盆中进散，睨曰："朱三，尔砀山一百姓，从黄巢为盗，天子用汝为四镇节度使，于汝何负？而灭唐家三百年社稷！吾行见汝赤其族矣，何以博为？"全昱此言，亦甚贤也。然则温之父贤，母又贤，兄又贤，独温凶德耳。荀卿谓人性恶，其然，岂其然乎？

诗文反句

杜诗有反言之者，如云"久判野鹤如双鬓"，若正言之，当云"双鬓如野鹤"也。又云"黄鹄高于五尺童，化为白凫似老翁"，若正言之，当云"五尺童时似黄犊，化为老翁似白凫"也。他如"红豆啄残鹦鹉粒，碧梧栖老凤凰枝"亦然。《左氏传》曰"室于怒，市于色"，曾南丰曰"室于议，涂于叹"，皆如此类。

丙　编

丙 编 自 序

　　余为临川郡从事逾年,考举粗足,侍御史叶大有忽劾余罢官。临汝书院堂长黄景亮曰:"鹤林纵未通金闺之籍,殆将增《玉露》之编乎?"余谢不敢当也。还山数月,丙编遂成。时宋淳祐壬子,庐陵罗大经景纶。

丙编卷一

真 正 英 雄

朱文公告陈同父曰："真正大英雄人，却从战战兢兢、临深履薄处做将出来。若是气血粗豪，却一点使不着也。"此论于同父，可谓顶门上一针矣。余观大禹不矜不伐，愚夫愚妇皆谓一能胜予，而凿龙门，排伊阙，明德美功，被于万世。周公不骄不吝，劳谦下士，而东征三年，赤舄几几，履谗历变，卒安周室。孔子恂恂于乡党，在宗庙朝廷，似不能言者，而却莱夷，堕三都，诛少正卯，便有一变至道气象。此皆所谓真正大英雄也。后世之士，残忍克核、能聚敛、能杀戮者，则谓之有才；闹邻骂坐、无忌惮、无顾藉者，则谓之有气；计利就便、善捭阖、善倾覆者，则谓之有智。一旦临利害得丧、死生祸福之际，鲜有不颠沛错乱、震惧陨越而失其守者，况望其立大节，弭大变，撑住乾坤，昭洗日月乎！此无他，任其气禀之偏，安其识见之陋，骄恣傲诞，不知有所谓战战兢兢、临深履薄之工夫故也。

大 悲 阁 记

东坡《大悲阁记》云："观世音由闻而觉。始于闻，而能无所闻。始于无所闻，而能无所不闻。能无所闻，虽无身可也。能无所不闻，虽千万亿身可也。而况于手与目乎！虽然，非无身无以举千万亿身之众，非千万亿身无以示无身之至。"又云："吾将使世人左手运斤而右手执削，目数飞鸿而耳节鸣鼓，首肯旁人而足识梯级，虽有智者，有所不暇矣，而况千手异执而千目各视乎？及吾宴坐，寂然心念凝默，湛然如大明镜，人鬼鸟兽，杂陈乎吾前。色声香味，交通乎吾体。心虽不起，而物无不接，必有道耶？千手之出，千目之运，虽未可得见，而理则具矣。彼佛菩萨亦然。虽一身不成二佛，而一佛能遍河沙诸国，非有他也，触而不乱，至而能应，理有必至，而何独疑于大悲乎？"东坡之论明畅。大概千手千眼，以理言，非以形言也。昔有僧折臂作偈云："大悲千眼并千手，大丈夫儿谁不有。老僧今日折一支，尚存九百九十九。"《庄子》："鲁有兀者叔山无趾，踵见仲尼。仲尼曰：'子不谨，前既犯患若是矣。虽今来，何及矣！'无趾曰：'吾惟不知务而轻用吾身，吾是以亡足。今吾来也，犹有尊足者存，吾是以务全之也。'"尊足，即此性也，僧偈正此意。佛本于老庄，于此尤信。孝宗皇帝喜球马，偶伤一目。金人遣贺生辰使来，以千手眼白玉观音为寿，盖寓相谑之意。上命迎入径山，邀使者同往。及寺门，住持僧说偈云："一手动时千手动，一眼观时千眼观。幸自太平无一事，何须做得许多般。"使者闻之惭。太史公所谓谈言微中，亦足以解纷，信矣。余尝即吾儒之说推之，人主以一身立乎巍巍之上，以一心运乎茫茫之中，不出户而知天下，不下堂而理四海。前旒蔽明，若无见也，而无所不见；高拱穆清，若无为也，而无所不为。自九族睦、百工时，极而至于兆民安，万物育，四夷来，天地两间，裁成参赞，无一欠缺，非千手千眼乎！

十里荷花

　　孙何帅钱塘，柳耆卿作《望江潮》词赠之，云："东南形胜，三吴都会，钱塘自古繁华。烟柳画桥，风帘翠幕，参差十万人家。云树绕堤沙，怒涛卷霜雪，天堑无涯。市列珠玑，户盈罗绮，竞豪奢。　　重湖叠巘清佳。有三秋桂子，十里荷花。羌管弄晴，菱歌泛夜，嬉嬉钓叟莲娃。千骑拥高牙，乘醉听箫鼓，吟赏烟霞。异日图将好景，归去凤池夸。"此词流播，金主亮闻歌，欣然有慕于"三秋桂子，十里荷花"，遂起投鞭渡江之志。近时谢处厚诗云："谁把杭州曲子讴？荷花十里桂三秋。那知卉木无情物，牵动长江万里愁。"余谓此词虽牵动长江之愁，然卒为金主送死之媒，未足恨也。至于荷艳桂香，妆点湖山之清丽，使士夫流连于歌舞嬉游之乐，遂忘中原，是则深可恨耳。因和其诗云："杀胡快剑是清讴，牛渚依然一片秋。却恨荷花留玉辇，竟忘烟柳汴宫愁。”盖靖康之乱，有题诗于旧京宫墙云：“依依烟柳拂宫墙，宫殿无人春昼长。”

落　英

《楚辞》云：“餐秋菊之落英。”释者云：落，始也。如《诗》访落之“落”，谓初英也。古人言语多如此，故以乱为治，以臭为香，以扰为驯，以慊为足，以特为匹，以原为再，以落为萌。

方朔窃酒

岳阳有酒香山，相传古有仙酒，饮者不死。汉武帝得之，东方朔窃饮焉。帝怒，欲诛之，方朔曰：“陛下杀臣，臣亦不死。臣死，酒亦不验。”遂得免。方朔数语，圆转简明，意其窃饮以发此论，盖风武帝之求长生也。

高宗眷紫岩

高宗尝问张魏公：“卿儿想甚长成？”魏公对曰：“臣子栻年十四，脱然可与语圣人之道。”及隆兴初，张魏公督师，南轩以内机入奏，引见于德寿宫。首问魏公起居饮食状，又问：“卿几岁？”对曰：“臣年三十一。”又问：“卿母安否？”对曰：“久失所恃。”上愀然久之，曰：“朕记卿父再娶时，以无继嗣，曾来商量。卿父曾奏，欲令卿来见，今次方得见卿。朕与卿父义则君臣，情同骨肉，卿行奏来，有香茶与卿父为信。”乌乎！君臣相与，其恩意乃至是哉！或者乃谓高宗晚年追悼明受，不满于魏公，至有“宁失天下，不用张浚”之言，殆不然也。

病楠诗

杜陵《病楠》诗曰：“犹含栋梁具，无复霄汉志。良工古昔少，识者出涕泪。"伤贤者之老病而不获用也。又曰:"种榆水中央,成长何容易。截承金露盘,袅袅不自畏。"言少不更事之人无所涵养,而骤膺拔擢,以当重任,力绵才腐,凛凛危亡,而曾不知畏也。又《舟中上水遣怀》诗云:"篙工密逞巧,气若醅杯酒。歌讴互激烈,回斡明授受。善知应触类,各藉颖脱手。古来经济才,何事独罕有?"盖叹舟人操舟尚有妙手,而整顿乾坤独未见妙手也。方天宝间,杜陵少壮之时,虽乱离瘼矣,而人才尚多,故《洗兵马行》曰:"成王功大心转小,郭相谋深古来少。司徒清鉴悬明镜,尚书气与秋天杳。二三豪俊为时出,整顿乾坤济时了。"又云:"张公一生江海客,身长九尺须眉苍。征起适遇风云会,扶颠始知筹策良。"盖幸其所以支撑世变者,尚有人也。及杜陵晚岁,《八哀》之诗既作,则一时豪杰或老或死,而后来者未有其人。此病楠、种榆之叹,舟师妙手之叹,意益婉而词益哀。呜呼!此唐室所以终不振乎!本朝元丰间,洛阳诸老为耆英会,图形赋诗,一时夸为盛事。而识者悲之曰:此皆仁宗所养之君子,至是而皆老矣。升降消长之会,过此甚可畏也。时林行己曰:"天将祚其国,必祚其国之君子。观其君子之众多如林,则知其国之盛;观其君子之落落如晨星,则知其国之衰;观其君子之康宁福泽、如山如海,则知其为太平之象;观其君子之摧折顿挫如湍舟、如霜木,则知其为衰乱之时。"又曰:"天将使建中为崇宁,则不使范忠宣复相于初元;天将使宣和为靖康,则不使刘、陈二忠肃慭遗于数岁。"皆至论也。

遮莫

诗家用"遮莫"字,盖今俗语所谓"尽教"者是也。故杜陵诗云"已拚野鹤如双鬓,遮莫邻鸡下五更",言鬓如野鹤,已拚老矣。尽教邻鸡下五更,日月逾迈,不复惜也。而乃有用为禁止之辞者,误矣。

花

洛阳人谓牡丹为花,成都人谓海棠为花,尊贵之也。亦如称欧阳公、司马公之类,不复指其名字称号。然必其品格超绝,始可当此;不然,则进而"君"、"公",退而"尔"、"汝"者多矣。

蘧 伯 玉

卫灵公与夫人夜坐,闻车声辚辚,至阙而止,过阙复有声。公问夫人曰:"知此为谁?"夫人曰:"此蘧伯玉也。"公曰:"何以知之?"夫人曰:"妾闻礼,下公门,式路马,所以广敬也。夫忠臣与孝子,不为昭昭信节,不为冥冥惰行。蘧伯玉,卫之贤大夫也,仁而有智,敬于事上,此其人必不以暗昧废礼,是以知之。"公使人视之,果伯玉也。《中庸》曰:"君子之所不可及者,其唯人之所不见乎!"伯玉可谓真君子矣。细考《论语》,夫子所与友者,仅见伯玉一人。使人于夫子,而夫子问其起居,则金石交情,可以略见。伯玉之躬行纯一如此,宜夫子乐与之交也。夫人即南子也。南子有淫行,然观其所言醇粹正大,有后世老师宿儒之所不能道者。且知伯玉之贤,而又知伯玉之所以贤,何其明也。乃知以卫灵之无道,南子之淫泆,奚而不丧者,非止仲叔圉、祝鮀、王孙贾辈之功而已。又知夫子之所以见南子者,盖以见识议论如此,倘能改行,或者尚可辅卫灵公以有为。子路不说,是未知夫子之心也。然南子知贤者不为冥冥惰行,而卒不能回光内照,改其淫泆。灵公因南子之言,固宜识伯玉之为忠臣矣,然卒不授之以政。信乎,知善非难,行善为难;知贤非难,用贤为难也。

三 溪 诗 词

有良家女流落可叹者,余同年李南金赠以词曰:"流落今如许。我亦三生杜牧,为秋娘著句。先自多愁多感慨,更值江南春暮。君看取,落花飞絮。也有吹来穿绣幌,有因风飘堕随尘土。 人世事,总无据。佳人命薄君休诉。若说与,英雄心事,一生更苦。且尽尊前今日意,休记绿窗眉妩。但春到,儿家庭户。幽恨一帘烟月晓,恐明年,雁亦无寻处。浑欲情,莺留住。"此词凄婉顿挫,不减古作者。《南史》：齐范缜谓竟陵王子良曰："人生如树花同发，随风而散，或拂帘幌坠茵席之上，或关篱墙落粪溷之中。坠茵席者，殿下是也；落粪溷者，下官是也。"此词前阕盖祖此说。南金自号三溪冰雪翁，尤工于诗，有《江头吟》云："儿时盛气高于山，不信壮士有饥寒。如今一杯零落酒，风雨蚀尽征袍单。侧立昆奴面铁色，楚客不言未吹笛。关山有月无人声，自是江头渚花发。渚花春少未得妍，凝立青山围水天。杜鹃故态不识事，尽情叫入青枫烟。壮士未握边头槊，旄头如月几时落。如今世界不爱贤，看取青峰白云角。乌乎一歌兮歌已怨，壶中无酒可续咽。"盖模拟少陵之作，词旨清婉可爱。

槟　榔

岭南人以榔槟代茶，且谓可以御瘴。余始至不能食，久之，亦能稍稍。居岁余，则不可一日无此君矣。故尝谓槟榔之功有四：一曰醒能使之醉。盖每食之，则醺然颊赤，若饮酒然。东坡所谓"红潮登颊醉槟榔"者是也。二曰醉能使之醒。盖酒后嚼之，则宽气下疾，余醒顿解。三曰饥能使之饱。盖饥而食之，则充然气盛，若有饱意。四曰饱能使之饥。盖食后食之，则饮食消化，不至停积。尝举似于西堂先生范旂叟。曰："子可谓'槟榔举主'矣。然子知其功，未知其德：槟榔赋性疏通而不泄气，禀味严正而有余甘。有是德，故有是功也。"

曲　端

曲端在陕西，甚有威望。张魏公宣抚，首擢用之。金人万户娄室与撒离曷等寇邠州，端击败之。至白店原，又大败之。撒离曷乘高望师，惧而号哭，金人因目之为"啼哭郎君"。后以端恃功骄恣，废不用。又惧其得士心，竟杀之。自端之死，众心稍离。金再入，战于富平，我师诈张端旗以惧敌。娄室知端已死，拊掌笑曰："何绐我也！"于是尽锐力攻，我师败绩，自是陕西非我有矣。淳熙间，议高庙配享，洪景卢举此为魏公罪，迄不得侑食。昔孔明斩马谡，已为失计。魏公袭其事,几于自坏万里长城。至于诈张端旟,尤为拙谋,徒足以召敌人之笑,沮我师之气耳。端亦知书,尝作诗云:"破碎山河不足论,几时重到渭南村。"昔人诗:"欲挂衣冠神武门,先寻水竹渭南村",此事也。

识 真 少

市璞宝燕石,煮簧食蟛蜞,识者少也。

放 心

孟子言求放心,而康节邵子曰:"心要能放。"二者天渊悬绝。盖放心者,心自放也;心放者,吾能放也。放心者,如鸡豚出于埘栅,不求则不得;心放者,如鹰隼翔于云霄,而缘镞固在吾手也。众人之心易放,圣贤之心能放。易放者流荡,能放者开阔。流荡者,失其本心;开阔者,全其本心。

山 谷 八 字

余家藏山谷八大字云:"作德日休,为善最乐。"摘经史语,混然天成,可置座右。

谷 蔌 禽 兽

《周礼注》:六谷:稌、黍、稷、粱、麦、苽。六清:水、浆、醴、醇、医、酏。七菹:韭、菁、茆、葵、芹、菭、笋。六兽:麋、鹿、熊、麕、野豕、兔。养者为畜,野者为兽。六禽:雁、鹑、鷃、雉、鸠、鸽。五药:草、木、虫、石、谷。

象 山 棋

陆象山少年时,常坐临安市肆观棋,如是者累日。棋工曰:"官人日日来看,必是高手,愿求教一局。"象山曰:"未也。"三日后却来,乃买棋局一副,归而悬之室中。卧而仰视之者两日,忽悟曰:"此《河图》数也。"遂往与棋工对,棋工连负二局,乃起谢曰:"某是临安第一手棋,凡来著者,皆饶一先。今官人之棋反饶得某一先,天下无敌手矣。"象山笑而去。其聪明过人如此。其子弟每喜令其著棋,尝与包敏道书云:"制子初时与春弟颇不能及,今年反出春弟之上,近旬日棋又甚进,春弟又少不逮矣。凡此,皆在其精神之盛衰耳。"

汉 文 帝 葬

汉文帝以七月己亥崩,乙巳葬,才七日耳。与窭人之家敛手足形还葬者何以异?景帝必不忍以天下俭其亲,此殆文帝之顾命也。虽未合中道,见亦卓矣。文帝此等见解,皆自黄老中来。

临 终 不 乱

欧阳公问一僧曰:"古之高僧,有去来翛然者,何今世之鲜也?"僧曰:"古人念念在定慧,临终安得而乱?今人念念在散乱,临终安得而定?"公深然之。此说却是正理,如吾儒易箦结缨之类,皆是平日讲贯得明,操守得定,涵养得熟,视生死如昼夜,故能如此不乱。静春先生刘子澄,朱文公高弟也。病革,周益公往拊之曰:"子澄澄其虑。"静春开目微视曰:"无虑何澄?"言讫而逝。

笼 鸟 水 萍

或问:杜陵诗云:"日月笼中鸟,乾坤水上萍。"何也?余曰:此自叹之词耳。盖拘束以度日月,若鸟在笼中,漂泛于乾坤间,若萍浮水上。本是形容凄凉之意,乃翻作壮丽之语。东坡《雪》诗:"冻合玉楼寒起粟,光摇银海眩生花。"亦此类。

文　章

　　文章一小技,于道未为尊,此论后世之文也。文者,贯道之器,此论古人之文也。天以云汉星斗为文,地以山川草木为文,要皆一元之气所发露,古人之文似之。巧女之刺绣,虽精妙绚烂,才可人目,初无补于实用,后世之文似之。

尹　少　稷

　　尹穑字少稷,博学工文,杜门读书,不汲汲于仕进。诸公荐之,与陆务观同赐出身。少稷言行有法,又通世务,时论翕然归重。尝论减年赏典,当与实历对使。孝宗用其说,至今行之。后乃附丽汤思退,力排张魏公,以是除谏议,公论始薄之。厥后贬岭南累年,蒙恩北归。周益公素与之善,便道来访。谓益公曰:"某三十年闭户读书,养得少名望,思之不审,所得于彼者几何? 而破坏扫地,虽悔何及!"怅然者久之。益公每举以为士大夫之戒。

陈　汤　论

　　张文潜作《陈汤论》,末云:"昔有韩患秦之无厌也,下令曰:'有能得秦王者,寡人与之国。'大夫皆谏曰:'赏不可以若是其重也。'韩王笑曰:'得秦王而寡人与之国,是赏有再乎? 且得秦王矣,寡人其忧无国哉?'"一本云:"昔者魏国患河,其边之臣起徙而决之赵。魏王大喜,赏其臣以十县。其相谏曰:'守边而徙河,犯官也。从而赏之,王之臣无守职者矣。'魏王笑曰:'子忧过矣,有功于魏者,有比于徙河者乎? 魏无二河,则徙河之赏无再也。'"二事皆切,而徙河之事尤胜。盖徙河犯官,有矫制之意。

飞吟亭诗

世传吕洞宾,唐进士也。诣京师应举,遇钟离翁于岳阳,授以仙诀,遂不复之京师。今岳阳飞吟亭是其处也。近时有题绝句于亭上云:"觅官千里赴神京,钟老相传盖便倾。未必无心唐事业,金丹一粒误先生。"余酷爱其旨趣,盖夫子告沮溺之意也。

西为尊

四方以西为尊。王者之庙,太祖坐西,所谓正太祖东向之位是也。三昭则坐北面南,故谓之昭。昭,明也,向南面之明也。三穆则坐南面北,故谓之穆。穆,幽也。向北面之幽也。今朝廷之上,群臣皆自东阶而升,不敢升自西阶,非特嫌。若宾主敌体,亦以西为尊也。班孟坚《西都赋》曰:"左墄右平。"左,东也,东则为墄。若世所谓涩道,乃群臣所由登降之阶也。右,西也,西则为平,而不为墄也。凡宾主之席,主东而宾西,亦所以尊宾也;非谓东尊于西,而使宾次主也。故礼客降一等,则就主人之阶。盖客不敢自西阶为宾主礼,欲自东阶随主人而升也。主人辞,客乃复位。盖主人不许,客然后自西阶升也。

唐再幸蜀

唐狄昌诗云:"马嵬烟柳正依依,重见銮舆幸蜀归。泉下阿蛮应有语,这回休更罪杨妃。"杜陵诗云:"朝廷虽无幽王祸,得不哀痛尘再蒙。"盖幽王以褒姒而致犬戎之祸,明皇以妃子而致禄山之变,正相似也。今无妃子之孽矣,而銮舆乃再蒙尘,何哉? 此必胎变稔祸,必有出于女宠之外者矣,是不可不哀痛而悔艾也。诗意与狄昌同。而其恻怛规戒,涵蓄不露,则大有径庭矣。

勤 有 三 益

自大舜称禹,不过"勤俭"两字,况下于禹者,可以不勤不俭乎?余于《乙编》尝论俭有四益。勤亦有三益。盖民生在勤,勤则不匮。一夫不耕,必受其饥;一妇不蚕,必受其寒。是勤可以免饥寒也。农民昼则力作,夜则颓然甘寝,故非心淫念,无从而生。晋公父文伯之母曰:"瘠土之民,莫不向义,劳也。"渊明诗曰:"田家岂不苦,弗获辞此难。四体诚乃疲,而无异患干。"是勤可以远淫辟也。户枢不蠹,流水不腐,周公论三宗文王之寿,必归之《无逸》。吕成公释之曰:"主静则悠远博厚,自强则坚实精明,操存则血气循轨而不乱,收敛则精神内守而不浮。"是勤可以致寿考也。

黄 绵 袄

何斯举云:壬寅正月,雨雪连旬。忽雨开霁,闾里翁媪相呼贺曰:"黄绵袄子出矣!"因作歌以纪之。此名甚新,但所以作歌未甚惬人意。乃更为补作一绝句云:"范叔绨袍暖一身,大裘只盖洛阳人。九州四海黄绵袄,谁似天公赐予均。"白乐天诗云:"安得大裘长万丈,与君都盖洛阳人。"

堂 食

渡江初,吕元直为相,堂厨每厅日食四千,至秦会之当国,每食折四十余千。执政有差,于是始不会食。胡明仲侍郎曰:"虽欲伴食,不可得矣。"

丙编卷二

论 事 任 事

叶水心曰："国初宰相权重，台谏侍从，莫敢议己。至韩琦、范仲淹，始空贤者而争之，天下议论相因而起，朝廷不能主令而势始轻。虽贤否邪正不同，要为以下攻上，为名节地可也，而未知为国家计也。然韩、范既以此取胜，及其自得用，台谏侍从方袭其迹，朝廷每立一事，则是非锋起，哗然不安。昔郑子孔为载书，诸司门子弗顺，将杀之，子产止之。人请为之焚书，子孔不可。子产以为众怒难犯，专欲难成，迄焚而后定。然及子产自为相，却不知此，直云礼义不愆，何恤人言。盖韩、范之所以攻人者，卒其所以受攻而无以处此，是以虽有志而无成也。至如欧阳修，先为谏官，后为侍从，尤好立论。士之有言者皆依以为重，遂以成俗。及濮园议起，未知是非所在，而倾国之人回戈向之。平日盛美，一朝隳损，善人君子，化为仇敌。然则欧阳氏之所以攻之者，亦其所以受攻而不自知也。"水心之论如此。余谓国初相权之重，自艺祖鼎铛有耳之说始。赵韩王定混一之谋于风雪凌厉之中，销跋扈之谋于杯觞流行之际，真社稷臣矣。雷德骧何人，乃敢议之，宜艺祖之震怒也。乃若持盈守成之时，则权不可以不重，亦不可以过重。东坡所谓奸臣之始，以台谏折之而有余，及其既成，以干戈取之而不足，则台谏侍从之敢言，乃国势之所恃以重也，岂反因此而势轻哉？水心之说，乃张方平之遗论也。方平之论，前辈固已深辟之矣。范公当国不久，韩公当国时，最被司马温公激恼；然韩公包容听受，无几微见于颜面。常朝一不押班，王陶至便指为跋扈，而公亦无愠色。盖已为侍从台谏，则能攻宰相之失；已为宰相，则能受侍从台谏之攻。此正无意无我、人己一视之道，实贤人君子之盛德，亦国家之美事也。岂有己则能攻人，而人则不欲其攻己哉！谚云：

"吃拳何似打拳时。"此言虽鄙,实为至论。惟欧阳公为谏官侍从时,最号敢言。及为执政,主濮园称亲之议,诸君子哗然起而攻之,而欧阳公乃不能受人之攻,执之愈坚,辩之愈激,此则欧公之过也。公自著《濮议》两篇,其间有曰:"一时台谏谓因言得罪,犹足取美名,是时圣德恭俭,举动无差。两府大臣亦各无大过,未有事可以去者,惟濮议未定,乃曰此好题目,所谓奇货不可失也,于是相与力言。"欧公此论却欠反思。若如此,则前此已为谏官侍从时,每事争辩,岂亦是贪美名、求奇货、寻好题目耶!余尝作《濮议》诗云:"濮园议起沸乌台,传语欧公莫怨猜。须记上坡持橐日,也曾寻探好题来。"

告　命

告命自九品而上,角轴二等,以大小别之,此其卑也。染牙以为经,凡五等,升朝历数而上也,而穗草为尊。锦幖其端,凡四等,而细球之锦配穗草。告身皆制绫为之。玳瑁轴素绘二等,而绘为尊。告身五彩,而又有紫丝法锦囊其外。其小异者,锦之红绿耳。犀轴亦二等,藻绘虽同,而大小有别,三品通用也。丝囊如玳瑁,而幖锦又不同,告身亦如之,而加以金缕,此人臣一品之极也。宫掖之严,帝姬之亲,大略七等。镌犀为轴,雕玉以为龙,告身五彩丝囊,幖首纯红,而绘如雕玉者最高,以近君也。犀轴丝囊为最高,而绘皆云凤者次之,玳轴者又次之。绘事如玳瑁,而告纸损其三者又次之。自此而下,三等皆紫丝法锦,虽有差次,始寖卑矣。宰相亲王赠封,视紫丝高者。执政赠封,视次者。其上四等,明有尊,不敢迩也。丝囊之制,以小铃十系之。按式名曰"纷锗",黄金、涂金、白金三等。外庭之系,惟白金耳。侍从庶僚所封,视其官。蕃官祠宇所封,从其秩。合而陈之,二十有八等,品位愈高则物采愈华。此游默斋所记宋朝之制也,甚详明。

方　士　传

范晔作《东汉史》,为方士立传,如左慈之事,妖怪特甚,君子所不道,而乃大书特书之,何其陋也。曹子建《辨道论》曰:"世有方士,吾王悉所招致。甘陵有甘始,庐江有左慈,阳城有郄俭,善辟谷,悉号数百岁。所以集之魏国者,诚恐此人挟奸宄以欺众,行妖恶以惑民。岂复欲观神仙于瀛洲,求安期于边海,释金辂而顾云舆,弃文骥而求飞龙哉?"子建此论,其识过范晔远矣。汉武帝刻意求仙,至以爱女妻方士,可谓颠倒之极。末年乃忽悔悟,曰:"世岂有仙者?节食服药,差可少病耳。"此论却甚确。近时刘潜夫诗云:"但闻方士腾空去,不见童男入海回。无药能令炎帝在,有人曾哭老聃来。"

三 足 记

卢景亮言:"足食足兵而人才足用,则天下不难理矣。"著论曰《三足记》。

不 谈 风 月

范旂叟为广西宪,会僚属小酌,曰:"今日之集,非特不谈风月,亦且不论文章,只说政疵民病。"众皆唯唯。余从容曰:"若谈夫子、孟轲之文章以浇光风霁月之胸次,则民吾同胞,物吾同与也。痒疴疾痛,举切吾身,施之有政,当有本末先后,而民病庶乎有瘳矣。"旂叟甚喜,不以为忤。旂叟号西堂先生,开明练达,遇事如破竹。性刚介,有不可,必达其意而后止。在广西岁余,丐祠归养亲。发奏牍之日,即出台治,寓僧舍,不请俸给钱。将漕湖南,总所专人来索钱,在庭咆哮无礼,命杖而黥之。既毕,上章自劾,乞归田里,总所迄不敢害。朝廷为颁召命,然竟卒于湖南。其将卒也,请僚属入卧内,命吏取案牍来,据榻判结数事。既毕,又曰:"某县有母诉其子者,此关系风教,不可不施行。"命取来,又判讫。略言及身后事,与僚属揖别,须臾已逝矣。其精爽不乱如此。有《对越集》百卷行于世,皆其历任判断之语也。近年门生、故吏合辞请于朝,特谥清敏。余初任为容南法掾,才数月,偶留帅幕。旂叟忽袖中出职状一纸畀余,余辞以未书一考,不当受。

旂叟曰:"固也,子亦漫收之。若书一考,而某未以罪去,则可以放散;不然,亦聊见某具一只眼耳。"又曰:"非特不必以诗文相惠,明日亦不必到客位。"因言近日来谀风可羞,长官招僚属一杯,其初招也,则有所谓谢请;其既毕也,又有所谓谢会。一杯之酒,两至客位,行之者不以为耻,此何等风俗耶! 小官不足责,推其原,皆由长官无见识,妄自尊大,遂成此风。此虽小事,然摧坏小官气节,关系却大。

蟹　胥

《周礼》:"庖人共祭祀之好羞。"郑康成注云:好羞,谓四时所谓膳食。若荆州之鳈鱼、扬州之蟹胥。陆德明音释云:蟹,酱也。山谷诗云:"蟹胥与竹萌,乃不羡羊腔。"

用　兵

或曰:用兵之法,杀人如刈草,使钱如使水。余曰:军无赏,士不往;军无财,士不来。使钱如使水可也,乃若杀人如刈草,则非至论。夫军事固以严济,然礼乐慈爱,战所蓄也。所以不得已而诛不用命者,盖一有逗挠乱行,则三军暴骨矣。诛一人,所以全千万人,岂以多杀为能,以嗜杀为贵哉! 若如所言,则赵充国、王忠嗣、曹彬反不若白起辈矣。

文 章 有 体

杨东山尝谓余曰:"文章各有体,欧阳公所以为一代文章冠冕者,固以其温纯雅正,蔼然为仁人之言,粹然为治世之音,然亦以其事事合体故也。如作诗,便几及李、杜。作碑铭记序,便不减韩退之。作《五代史记》,便与司马子长并驾。作四六,便一洗昆体,圆活有理致。作《诗本义》,便能发明毛、郑之所未到。作奏议,便庶几陆宣公。虽游戏作小词,亦无愧唐人《花间集》。盖得文章之全者也。其次莫如东坡，然其诗如武库矛戟，已不无利钝。且未尝作史，藉令作史，其渊然之光，苍然之色，亦未必能及欧公也。曾子固之古雅，苏老泉之雄健，固亦文章之杰，然皆不能作诗。山谷诗骚妙天下，而散文颇觉琐碎局促。渡江以来，汪、孙、洪、周四六皆工，然皆不能作诗，其碑铭等文亦只是词科程文手段，终乏古意。近时真景元亦然，但长于作奏疏。魏华甫奏疏亦佳，至作碑记，虽雄丽典实，大概似一篇好策耳。"又云："欧公文非特事事合体，且是和平深厚，得文章正气。盖读他人好文章如吃饭，八珍虽美而易厌。至于饭，一日不可无，一生吃不厌。盖八珍乃奇味，饭乃正味也。"

辛　卯　火

绍定辛卯临安之火，比辛酉之火加五分之三，虽太庙亦不免，而史丞相府独全。洪舜俞诗云："殿前将军猛如虎，救得汾阳令公府。祖宗神灵飞上天，可怜九庙成焦土。"时殿帅乃冯榯也，人言籍籍，迄今不免责。

蕲　王　夫　人

韩蕲王之夫人，京口娼也。尝五更入府，伺候贺朔。忽于庙柱下见一虎蹲卧，鼻息駒駒然，惊骇亟走出，不敢言。已而人至者众，往复视之，乃一卒也。因蹴之，起问其姓名，为韩世忠。心异之，密告其母，谓此卒定非凡人。乃邀至其家，具酒食，卜夜尽欢，深相结纳，资以金帛，约为夫妇。蕲王后立殊功，为中兴名将，遂封两国夫人。蕲王尝邀兀术于黄天荡，几成擒矣。一夕，凿河遁去。夫人奏疏言世忠失机纵敌，乞加罪责，举朝为之动色。其明智英伟如此。

少　陵　可　杀

乾道间，林谦之为司业，与正字彭仲举游天竺。小饮论诗，谈到少陵妙处,仲举微醉,忽大呼曰:"杜少陵可杀!"有俗子在邻壁,闻之遍告人曰:"有一怪事:林司业与彭正字在天竺谋杀人。"或问:所谋杀者为谁?曰:"杜少陵也,不知是何处人。"闻者绝倒,喧传缙绅间。余谓此言亦不足怪,若曹操之于杨德祖,隋炀之于薛道衡,盖真杀之矣。

姜 白 石

姜尧章学诗于萧千岩,琢句精工。有诗云:"夜暗归云绕柁牙,江涵星影雁团沙。行人怅望苏台柳,曾与吴王扫落花。"杨诚斋喜诵之。尝以诗《送江东集归诚斋》云:"翰墨场中老斫轮,真能一笔扫千军。年年花月无虚日,处处江山怕见君。箭在的中非尔力,风行水上自成文。先生只可三千首,回施江东日暮云。"诚斋大称赏,谓其冢嗣伯子曰:"吾与汝弗如姜尧章也。"报之以诗云:"尤萧范陆四诗翁,此后谁当第一功?新拜南湖为上将,更差白石作先锋。可怜公等皆痴绝,不见词人到老穷?谢遣管城依已晚,酒泉端欲乞疏封。"南湖,谓张功父也,尧章自号"白石道人"。潘德久赠诗云:"世间官职似樗蒲,采到枯松亦大夫。白石道人新拜号,断无缴驳任称呼。"时黄岩老亦号白石,亦学诗于千岩,诗亦工,时人号"双白石"云。

玉 山 知 举

淳熙中,王季海为相,奏起汪玉山为大宗伯知贡举,且以书速其来。玉山将就道,有一布衣之友,平生极相得,屡黜于礼部,心甚念之,乃以书约其胥会于富阳一萧寺。与之对榻,夜分密语之曰:"某此行,或者典贡举,当特相牢笼。省试程文《易》义冒子中,可用三古字,以此为验。"其人感喜。玉山既知举,搜《易》卷中,果有冒子内用三古字者,遂竟批上,置之前列。及拆号,乃非其友人也,私窃怪之。数日,友人来见,玉山怒责之曰:"此必足下轻名重利,售之他人,何相负乃如此!"友人指天誓曰:"某以暴疾几死,不能就试,何敢漏泄于他人?"玉山终不释然。未几,以古字得者来谒,玉山因问之曰:"老兄头场冒子中用三古字,何也?"其人泯默久之,对曰:"兹事甚怪,先生既问,不敢不以实对:某之来就试也,假宿于富阳某寺中,与寺僧闲步庑下,见室中一棺,尘埃漫漶。僧曰:'此一官员女也,殡于此十年矣,杳无骨肉来问,又不敢自葬之。'因相与默然。是夕,梦一女子行庑下,谓某曰:'官人赴省试,妾有一语相告:此去头场冒子中可用三古字,必登高科。但幸勿相忘,使妾朽骨早得入土。'既觉,甚怪之。遂用前言,果叨前列,近已往寺中葬其女矣。"玉山惊叹。此事冯此山可久为余言,虽近于语怪,然亦不可不传,足以祛人二蔽:一则功名富贵信有定分。有则鬼神相之,无则虽典贡举者欲相牢笼,至于场屋亦不能入,此岂人之智巧所能为乎? 一则人发一念、出一言,虽昏夜暗室,人所不知,而鬼神已知之矣。彼欲自欺于冥冥之中,而曰莫予云觏者,又惑之甚者也。

御 史 八 字

隆兴初,张真父自殿中侍御史除起居郎,孝宗玉音云:"张震知无不言,言皆当理。"令载之训词。大哉王言! 真台谏之金科玉条也。

老 卒 回 易

张循王之兄保,尝怨循王不相援引。循王曰:"今以钱十万缗、卒五千付兄,要使钱与人流转不息,兄能之乎?"保默然久之,曰:"不能。"循王曰:"宜弟之不敢轻相援引也。"王尝春日游后圃,见一老卒卧日中,王蹴之曰:"何慵眠如是!"卒起声喏,对曰:"无事可做,只得慵眠。"王曰:"汝会做甚事?"对曰:"诸事薄晓,如回易之类,亦粗能之。"王曰:"汝能回易,吾以万缗付汝,何如?"对曰:"不足为也。"王曰:"付汝五万。"对曰:"亦不足为也。"王曰:"汝需几何?"对曰:"不能百万,亦五十万乃可耳。"王壮之,予五十万,恣其所为。其人乃造巨舰,极其华丽;市美女能歌舞音乐者百余人;广收绫锦奇玩、珍羞佳果及黄白之器;募紫衣吏轩昂闲雅若书司、客将者十数辈,卒徒百人。乐饮逾月,忽飘然浮海去,逾岁而归。珠犀香药之外,且得骏马,获利几十倍。时诸将皆缺马,惟循王得此马,军容独壮。大喜,问其何以致此,曰:"到海外诸国,称大宋回易使,谒戎王,馈以绫锦奇玩。为具招其贵近,珍羞毕陈,女乐迭奏。其君臣大悦,以名马易美女,且为治舟载马,以犀珠香药易绫锦等物,馈遗甚厚,是以获利如此。"王咨嗟褒赏,赐予优厚。问能再往乎,对曰:"此戏幻也,再往则败矣,愿仍为退卒老园中。"呜呼! 观循王之兄与浮海之卒,其智愚相去奚翅三十里哉! 彼卒者,颓然甘寝苔阶花影之下,而其胸中之智,圆转恢奇乃如此。则等而上之,若伊、吕、管、葛者,世亦岂尽无也哉。特莫能识其人,无繇试其蕴耳。以一弊衣老卒,循王慨然捐五十万缗畀之,不问其出入,此其意度之恢弘,固亦足以使之从容展布,以尽其能矣。勾践以四封之内外付种、蠡,汉高皇捐黄金四十万斤于陈平,由此其推也,盖不知其人而轻任之,与知其人而不能专任,皆不足以有功。观其一往之后,辞不复再,又几于知进退存亡者,异哉!

罚 却 倚 子

百官殿门侍班幕次,台谏皆设倚,余官则各以交床自随。周益公自殿院除起居郎,徐淳立戏曰:"罚却倚子矣。"

诸 侯 藩 镇

春秋之时,天王之使交驰于列国,而列国之君如京师者绝少。夫子谨而书之,固以正列国之罪,而端本澄源之意,其致责于天王者尤深矣。唐之藩镇,犹春秋之诸侯也。杜陵诗云:"诸侯春不贡,使者日相望。"盖与《春秋》同一笔。

无 官 御 史

太学古语云:"有发头陀寺,无官御史台。"言其清苦而鲠亮也。嘉定间,余在太学,闻长上同舍言:乾淳间,斋舍质素,饮器止陶瓦,栋宇无设饰。近时诸斋,亭榭帘幕,竞为靡丽,每一会饮,黄白错落,非头陀寺比矣。国有大事,鲠论间发,言侍从之所不敢言,攻台谏之所不敢攻,由昔迄今,伟节相望。近世以来,非无直言,或阳为矫激,或阴有附丽,亦未能纯然如古之真御史矣。余谓必甘清苦如老头陀,乃能摅鲠亮如真御史。

邵 蔡 数 学

濂溪、明道、伊川、横渠之讲道盛矣,因数明理,复有一邵康节出焉。晦庵、南轩、东莱、象山讲道盛矣,因数明理,复有一蔡西山出焉。昔孔、孟教人,言理不言数。然天地之间,有理必有数,二者未尝相离。《河图》《洛书》,与"危微精一"之语并传。邵、蔡二子盖将发诸子之所未言,而使理与数粲然于天地之间也,其功亦不细。近年以来,八君子之学,固人传其训,家有其书,而邵、蔡之学则几于无传矣。

松 竹 句

杜陵诗云:"新松恨不长千尺,恶竹应须斩万竿。"言君子之孤难扶植,小人之多难驱除也。呜呼!世道至于如此,亦可哀矣。

诸 葛 成 何 事

唐薛能诗云:"山屐经过满径踪,隔溪遥见夕阳春。当时诸葛成何事,只合终身作卧龙。"王荆公晚年喜诵之。然能之论非也。孔明之出,虽不能扫清中原,吹火德之灰,然伸讨贼之义,尽托孤之责,以教万世之为人臣者,安得谓之成何事哉! 荆公诵此,盖以自喻。然孔明开诚心,布公道,集谋虑,广忠益,其存心无愧伊、吕,"出师未捷身先死",此天也! 荆公刚愎自任,新法烦苛,毒流四海,不忍君子之见排,甘引小人以求助,卒为其所挤陷,此岂天也哉! 自古隐士出山,第一个是伊尹,第二个是傅说,第三个是太公,第四个是严陵,第五个是孔明,第六个是李泌,皆为世间做得些事。虽以四皓之出,或者犹议其安刘是灭刘,况如樊英辈者乎!

忧　　乐

吾辈学道,须是打叠教心下快活。古曰无闷,曰不愠,曰乐则生矣,曰乐莫大焉。夫子有曲肱饮水之乐,颜子有陋巷箪瓢之乐,曾点有浴沂咏归之乐,曾参有履穿肘见、歌若金石之乐,周、程有爱莲观草、弄月吟风、望花随柳之乐。学道而至于乐,方能真有所得。大概于世间一切声色嗜好洗得净,一切荣辱得失看得破,然后快活意思方自此生。或曰:君子有终身之忧。又曰:忧以天下。又曰:莫知我忧。又曰:先天下之忧而忧。此义又是如何? 曰:圣贤忧、乐二字,并行不悖,故魏鹤山诗云:"须知陋巷忧中乐,又识耕莘乐处忧。"古之诗人有识见者如陶彭泽、杜少陵,亦皆有忧乐,如采菊东篱、挥杯劝影,乐矣,而有平陆成江之忧;步屧春风、泥饮田父,乐矣,而有眉攒万国之忧。盖惟贤者而后有真忧,亦惟贤者而后有真乐。乐不以忧而废,忧亦不以乐而忘。

大　字　成　犬

宝庆初,当国者欲攻去真西山、魏鹤山,朝士莫有任责,梁成大独欣然愿当之。遂除察院,击搏无遗力。当时太学诸生曰:大字傍宜添一点,曰"梁成犬"。余谓犬之狺狺,不过吠非其主耳,是有功于主也。今不肖之台谏,受权贵之指呼,纳豪富之贿赂,内则翦天子之羽翼,外则夺百姓之父母,是有害于主也,吾意犬亦羞与为伍矣。

丙编卷三

圣 贤 豪 杰

朱文公云:"豪杰而不圣贤者有矣,未有圣贤而不豪杰者也。"陆象山深以其言为确论。如周公兼夷狄,驱猛兽,灭国者五十,孔子却莱人,堕三都,诛少正卯,是甚手段,非大豪杰乎! 其次如诸葛孔明,议论见识,力量规模,亦直豪杰。惟房次律声誉隆洽,一出便败事,然至今儒者之论,皆称其贤。如此,则是天下有不豪杰之圣贤矣。端平间,真西山参大政,未及有所建置而薨。魏鹤山督师,亦未及有设施而罢。临安优人装,一儒生,手持一鹤,别一儒生与之邂逅。问其姓名,曰:"姓钟名庸。"问所持何物,曰:"大鹤也。"因倾盖欢然,呼酒对饮。其人大嚼洪吸,酒肉靡有孑遗,忽颠仆于地,群数人曳之不动。一人乃批其颊大骂曰:"说甚《中庸》、《大学》,吃了许多酒食,一动也动不得!"遂一笑而罢。或谓有使其为此以姗侮君子者,京尹乃悉黥其人。余谓优人之姗侮君子,诚可罪也。西山、鹤山之抱负,诚未可厚诬也。然吾儒于此,亦不可以不戒。刘平国尝言:"若将真景元与余景瞻并用,必有可观。"余尝疑其说。西山负一世之望,岂必待余景瞻而后可以有为乎? 此传洪舜俞在蜀,尝谓崔菊坡曰:"先生丰于德而啬于才,他日不宜独当重任。"菊坡深然之,故晚年力辞宰辅。此说余尤疑之,若分才德为两事,则是天下果有不豪杰之圣贤矣。

婺 州 鹰 巢

婺州州治,古木之上有鹰巢,一卒探取其子。郡守王梦龙方据案视事,鹰忽飞下,攫一卒之巾以去。已而知其非探巢之卒也,衔巾来还,乃径攫探巢者之巾而去。太守推问其故,杖此卒而逐之。禽兽之灵识如此。其攫探巢者之巾，固已异矣；于误攫他卒之巾复衔来还，尤为奇异。世之人举动差谬，文过遂非，不肯认错者多矣，夫子所谓可以人而不如鸟乎？

茶瓶汤候

余同年李南金云："《茶经》以鱼目涌泉连珠为煮水之节。然近世瀹茶，鲜以鼎镬；用瓶煮水，难以候视，则当以声辨一沸二沸三沸之节。又陆氏之法，以末就茶镬，故以第二沸为合量而下，未若以今汤就茶瓯瀹之，则当用背二涉三之际为合量。"乃为声辨之诗云："砌虫唧唧万蝉催，忽有千车稛载来。听得松风并涧水，急呼缥色绿瓷杯。"其论固已精矣。然瀹茶之法，汤欲嫩而不欲老，盖汤嫩则茶味甘，老则过苦矣。若声如松风涧水而遽瀹之，岂不过于老而苦哉！惟移瓶去火，少待其沸止而瀹之，然后汤适中而茶味甘。此南金之所未讲者也。因补以一诗云："松风桧雨到来初，急引铜瓶离竹炉。待得声闻俱寂后，一瓯春雪胜醍醐。"

吾无隐乎尔

黄龙寺晦堂老子尝问山谷以"吾无隐乎尔"之义，山谷诠释再三，晦堂终不然其说。时暑退凉生，秋香满院。晦堂因问曰："闻木犀香乎？"山谷曰："闻。"晦堂曰："吾无隐乎尔。"山谷乃服。晦堂此等处诚实脱洒，亦只是曾点见解，却无颜子工夫，此儒佛所以不同。

蝗

蝗才飞下即交合，数日，产子如麦门冬之状，日以长大。又数日，其中出如小黑蚁者八十一枚，即钻入地中。《诗》注谓螽斯一产八十一子者，即蝗之类也。其子入地，至来年禾秀时乃出，旋生翅羽。若腊雪凝冻，则入地愈深，或不能出。俗传雪深一尺，则蝗入地一丈。

东坡《雪》诗云"遗蝗入地应千尺"是也。蝗灾每见于大兵之后,或云乃战死之士冤魂所化。虽未必然,但余曩在湖北,见捕蝗者虽群呼聚喊,蝗不为动。至鸣击金鼓,则耸然而听,若成行列。则谓为杀伤沴气之所化,理或然也。

曹 操 冢

漳河上有七十二冢,相传云曹操疑冢也,北人岁增封之。范石湖奉使过之,有诗云:"一棺何用冢如林,谁复如公负此心。岁岁蕃酋为封土,世间随事有知音。"四句是两个好议论,意足而理明,绝句之妙也。

半 两 钱

今世有一样古钱,其文曰"半两",无轮郭,医方中用以为药。考之《史记》,乃汉文帝时钱也。当时吴濞、邓通皆得自铸钱,独多流传,至今不绝。其轻重适中,与今钱略相似。视五铢货泉,又先一二百年矣。五铢货钱比今钱却稍轻。

观 山 水

赵季仁谓余曰:"某平生有三愿:一愿识尽世间好人,二愿读尽世间好书,三愿看尽世间好山水。"余曰:"尽则安能,但身到处莫放过耳。"季仁因言朱文公每经行处,闻有佳山水,虽迁途数十里,必往游焉。携樽酒,一古银杯,大几容半升,时引一杯。登览竟日,未尝厌倦。又尝欲以木作《华夷图》,刻山水凹凸之势,合木八片为之,以雌雄笋相入,可以折,度一人之力足以负之,每出则以自随。后竟未能成。余因言夫子亦嗜山水,如"知者乐水,仁者乐山",固自可见;如"子在川上",与夫"登东山而小鲁,登泰山而小天下",尤可见。大抵登山临水,足以触发道机,开豁心志,为益不少。季仁曰:"观山水亦如读书,随其见趣之高下。"

占 雨

范石湖诗云:"朝霞不出门,暮霞行千里。今晨日未出,晓氛散如绮。心疑雨再作,眼转云四起。我岂知天道,吴侬谚云尔。古来占潦沱,说者类恢诡。飞云走群羊,停云浴三豨。月当天毕宿,风自少女起。烂石烧成香,汗础润如洗。逐妇鸠能拙,穴居狸有智。蜉蝣强知时,蜥蜴与闻计。垤鸣东山鹳,堂审南柯蚁。或加阴石鞭,或议阳门闭。或云逢庚变,或自换甲始。刑鹅与象龙,聚讼非一理。不如老农谚,影响捷于鬼。哦诗敢夸博,聊用醒午睡。"此诗援引占雨事甚详可喜。谚有云:"日出早,雨淋脑;日出晏,晒杀雁。"又云:"月如悬弓,少雨多风;月如仰瓦,不求自下。"二说尚遗,何也?余欲增补二句云:"日占出海时,月验仰瓦体。"

建 炎 登 极

靖康之乱,元祐皇后手诏曰:"汉家之厄十世,宜光武之中兴;献公之子九人,唯重耳之独在。"事词的切,读之感动,盖中兴之一助也。建炎登极之诏曰:"亹亹万机,难以一日而旷位;皇皇四海,讵可三月而无君。"又曰:"圣人何以加孝,朕每怀问寝之思;天子必有所尊,朕欲救在原之急。嗟我文武之列,若时忠义之家。不食而哭秦庭,士当勇于报国;左袒而为刘氏,人咸乐于爱君。期一德而一心,仁立功而立事。同僚两官之复,终图万世之安。"其词明白,亦占地步。昔唐明皇幸蜀,肃宗即位灵武。元次山作颂,谓自古有盛德大业,必见于歌颂。若今歌颂大业,非老于文学,其谁宜为?去盛德而止言大业,固以肃宗即位为非矣。伊川谓非禄山叛,乃肃宗叛也。山谷云:"抚军监国太子事,胡乃趣取大物为。"此皆至论。今二圣蒙尘远狩无还期,高宗不得已而即位,今又出于元祐皇后之命,与唐肃宗天渊不同,似亦可以无说。然胡致堂万言书首论此事,谓:"建炎以来,有举措大失人心之事,今欲收复人心而图存,则既往之失不可不追,不可不改。一昨陛下以亲王介弟,受渊圣皇帝之命,出帅河北。二帝既迁,则当纠合义师,北向迎请。而遽膺翊戴,亟居尊位。遥上徽号,建立太子。不复归觐宫阙,展省陵寝。斩戮直臣,以杜言路。南巡淮海,偷安岁月。此举措失人心之最大者也。今须一反前失,亟下诏曰:'继绍大统,出于臣庶之谄而不悟其非;巡狩东南,出于侥幸之心而不虞其祸。今义不戴天,志思雪耻。父兄旅泊,陵庙荒残。罪乃在予,无所逃责。'以此号召四海,耸动人心,不敢爱身,决意讲武。然后选将训兵,戎衣临军,天下忠义之士必云合而影从。凡所欲为,孰不如志?"致堂此论明白正大,惜其说之不行也。然唐肃宗即位,何尝有一人敢言其非? 今致堂能言之,而高宗能受之,已为盛德事矣。中兴以来,致堂、澹庵二书关系最大。

江 西 诗 文

江西自欧阳子以古文起于庐陵,遂为一代冠冕,后来者莫能与之抗。其次莫如曾子固、王介甫,皆出欧门,亦皆江西人。老苏所谓执事之文,非孟子之文,而欧阳子之文也。朱文公谓江西文章如欧阳永叔、王介甫、曾子固做得如此好,亦知其皓皓不可尚已。至于诗,则山谷倡之,自为一家,并不蹈古人町畦。象山云:"豫章之诗,包含欲无外,搜抉欲无秘,体制通古今,思致极幽眇,贯穿驰骋,工夫精到;虽未极古之源委,而其植立不凡,斯亦宇宙之奇诡也。开辟以来,能自表见于世若此者,如优钵昙华,时一现耳。"杨东山尝谓余云:"丈夫自有冲天志,莫向如来行处行。"岂惟制行,作文亦然。如欧公之文、山谷之诗,皆所谓"不向如来行处行"者也。

以 俗 为 雅

杨诚斋云:"诗固有以俗为雅,然亦须经前辈熔化,乃可因承。如李之'耐可'、杜之'遮莫'、唐人'里许'、'若个'之类是也。唐人寒食诗不敢用'饧'字,重九诗不敢用'糕'字,半山老人不敢作梅花诗。彼固未敢轻引里母田父,而坐之平王之子、卫侯之妻之侧也。"余观杜陵诗,亦有全篇用常俗语者,然不害其为超妙。如云:"一夜水高二尺强,数日不可更禁当。南市津头有船卖,无钱即买系篱傍",又云"江上被花恼不彻,无处告诉只颠狂。走觅南邻爱酒伴,经旬出饮独空床",又云"夜来醉归冲虎过,昏黑家中已眠卧。傍见北斗向江低,仰看明星当空大。庭前把烛嗔两炬,峡口惊猿闻一个。白头老罢舞复歌,杖藜不睐谁能那"是也。杨诚斋多效此体,亦自痛快可喜。

浸 假

禅家有观白骨法,谓静坐澄虑,存想自身血肉腐坏,唯存白骨,与吾相离,自一尺以至寻丈,要见形神,元不相属,则自然超脱矣。余观《庄子》:子舆有疾,子祀往问之。曲偻发背,颐隐于齐,肩高于顶,句赘指天,阴阳之气有沴,其心闲而无事,跰𨇤而鉴于井。曰:"嗟乎!夫造物者,将以予为此拘拘也。"子祀曰:"汝恶之乎?"曰:"亡。予何恶?浸假而化予之左臂以为鸡,予因此求时夜;浸假而化予之右臂以为弹,予因以求鸮炙;浸假而化予之尻以为轮,以神为马,予因而乘之,岂更驾哉!"浸,渐也;假,借也。盖积渐假借,化此身为异物,则神与形离,超然无所往而不可矣,又何疾又何病于拘拘哉! 视白骨之法,盖本于此。佛法出于老庄,于此尤信。

伊 尹 墓

伊尹墓在空桑北一里,相传墓傍生棘皆直如矢。范石湖使北过之,有诗云:"三尺黄垆直棘边,此心终古享皇天。《汲书》猥述流传妄,剖击嗟无咎单篇。"盖《汲冢书》妄载伊尹谋篡,为太甲所杀也。事见杜元凯《左氏传后叙》。

乐 天 对 酒 诗

古诗多矣,夫子独取《三百篇》,存劝戒也。吾辈所作诗亦须有劝戒之意,庶几不为徒作。彼有绘画雕刻,无益劝戒者,固为枉费精力矣。乃若吟赏物华,流连光景,过于求适,几于海淫教偷,则又不可之甚者矣。白乐天《对酒》诗曰:"蜗牛角上争何事?石火光中寄此身。随富随贫且欢喜,不开口笑是痴人。"又曰:"百岁无多时壮健,一春能几日晴明?相逢且莫推辞醉,听唱《阳关》第四声。"又曰:"昨日低眉问疾来,今朝收泪吊人回。眼前见例君看取,且遣琵琶送一杯。"自诗家言之,可谓流丽旷达,词旨俱美矣。然读之者将必起其颓惰废放之意,而汲汲于取快乐、惜流光,则人之职分与夫古之所谓三不朽者,将何时而可为哉!且如《唐风·蟋蟀》之诗,盖劝晋僖公以自虞乐也,然才曰"今我不乐,日月其除",即曰"无已太康,职思其居"。吕成公释之曰:"凡人之情,解其拘者,或失于纵;广其俭者,或流于奢,故疾未已而新疾复生者多矣。"信矣,《唐风》之忧深思远也!乐天之见,岂及是乎?本朝士大夫多慕乐天,东坡尤甚。近时叶石林谓:"乐天与杨虞卿为姻家,而不累于虞卿;与元稹、牛僧孺相厚善,而不党于元稹、僧孺;为裴晋公之所爱重,而不因晋公以进;李文饶素不相乐,而不为文饶所深害。推其所由,惟不汲汲于进而志在于退,是以能安于去就爱憎之际,每裕然而有余也。"此论固已得之,然乐天非是不爱富贵者,特畏祸之心甚于爱富贵耳。其诗中于官职声色事极其形容,殊不能掩其眷恋之意。其平生所善者,元稹、刘禹锡辈亦皆逐逐声利之徒,至一闻李文饶之败,便作诗畅快之,岂非冤亲未忘,心有偏党乎?慕乐天者,爱而知其疵,可也。

拙 句

作诗必以巧进,以拙成。故作字惟拙笔最难,作诗惟拙句最难。至于拙,则浑然天全,工巧不足言矣。古人拙句,曾经拈出,如"池塘

生春草”，“枫落吴江冷”，“澄江静如练”，“空梁落燕泥”，“清晖能娱
人，游子澹忘归”，“大江流日夜，客心悲未央”，“明月入高楼，流光正
徘徊”，“采菊东篱下，悠然见南山”，如此等类，固已多矣。以杜陵言
之，如“两边山木合，终日子规啼”，“野人时独往，云木晓相参”，“喜无
多屋宇，幸不碍云山”，“在家长早起，忧国愿年丰”，“若无青嶂月，愁
杀白头人”，“百年浑得醉，一月不梳头”，“一径野花落，孤村春水生”，
此五言之拙者也。“春水船如天上坐，老年花似雾中看”，“迁转五州
防御使，起居八座太夫人”，“竹叶于人既无分，菊花从此不须开”，“莫
思身外无穷事，且尽生前有限杯”，“雷声忽送千峰雨，花气浑如百和
香”，“秋水才添四五尺，野航恰受两三人”，“酒债寻常行处有，人生七
十古来稀”，此七言之拙者也。他难殚举，可以类推。杜陵云“用拙存
吾道”，夫拙之所在，道之所存也，诗文独外是乎？

容斋奉使

绍兴辛巳，亮既授首，葛王篡位，使来修好，洪景卢往报之。入
境，与其接伴约用敌国礼，伴许诺。故沿路表章，皆用在京旧式。未
几，乃尽却回，使依近例易之。景卢不可。于是扃驿门，绝供馈，使人
不得食者一日。又令馆伴者来言，顷尝从忠宣公学，阳吐情实，令勿
固执，恐无好事，须通一线路乃佳。景卢等俱留，不得已，易表章授
之，供馈乃如礼。景卢素有风疾，头常微掉，时人为之语曰：“一日之
饥禁不得，苏武当时十九秋。传与天朝洪奉使，好掉头时不掉头。”

九 为 究

数穷于九。九者，究也。至十则又为一矣。此蔡西山之说。

静 坐

伊川每见学者能静坐，便叹其善学。余谓静坐亦未可尽信，固有

外若静而中未免胶扰者,正所谓坐驰也。尝闻南岳昔有住山僧,每夜必秉烛造檀林,众生打坐者数百人,或拈竹篦痛棰之,或袖中出饼果置其前,盖有以窥其中之静不静,而为是惩劝也。彼异端也,尚能洞察其徒心术之隐微,而提撕警策之,吾儒职教者有愧矣。

落　梅　诗

近时胡仲方《落梅》诗云:"自孤花底三更月,却怨楼头一笛风。"亦有思致。自古才德之士方其少也,不使得以展布,及其飘零衰老,乃拳拳叹息之,亦已晚矣。烛之武曰:"臣之少也,尚不如人;今老矣,无能为也。"亦寓此意。唐人诗曰:"朝廷欲论封禅事,须及相如未病时。"杜陵《病楠》诗意亦如此。陈后山挽司马公曰:"政虽随日化,身已要人扶。"益可悲矣。

受　禅　赦　文

孝宗受禅赦文云:"凡今者发政施仁之日,皆得之问安视膳之余。"天下诵之,洪景严笔也。

文　繁　简　有　当

洪容斋曰:文贵于达而已,繁与简各有当也。《礼记·檀弓》:"石骀仲卒,有庶子六人,卜所以为后者,曰:'沐浴佩玉则兆。'五人者,皆沐浴佩玉。石祁子曰:'孰有执亲之丧,而沐浴佩玉者乎?'不沐浴佩玉。石祁子兆,卫人以龟为有知也。"盖连用四"沐浴佩玉"字,使今之为文者必曰:"沐浴佩玉则兆,五人者如之,石祁子独不可,曰:'孰有执亲之丧而若此者乎?'"似亦足以当其事、省其词,然古意衰矣。又云:《史记·卫青传》:"校尉李朔、校尉赵不虞、校尉公孙戎奴,各三从大将军,以千三百户封朔为涉轵侯,以千三百户封不虞为随成侯,以千三百户封戎奴为从平侯。"至班固作《汉书》,乃省其词曰:"校尉李朔、赵不虞、公孙戎奴,各三从大将军,封朔为涉轵侯,不虞为随成侯,戎奴为从平侯。"比《史记》五十八字中省二十三字,然终不若《史记》朴赡可喜。余谓诗亦有如此者,古《采莲曲》云:"鱼戏荷叶东,鱼戏荷叶西。"杜子美《杜鹃行》:"西川有杜鹃,东川无杜鹃,涪南无杜鹃,云安有杜鹃。"若以省文之法论之,似可裁减,然只如此说,亦为朴赡有古意。

古人无忌讳

谥者,死后易名者也。而《左传》卫侯赐北宫喜谥曰"贞子",赐析朱钼谥曰"成子",盖生前预赐之也,曾不以为不祥。今人不达,畏死畏祸,百种忌讳。古人皆不然,只看《檀弓》季武子成寝,杜氏之葬在西阶之下,许之合葬,又许之哭。伯高死于卫,孔子以为由,"赐也,见我",遂哭诸赐氏,命子贡为之主,来者拜之。子夏丧明,曾子曰"朋友丧明则哭"。遂往哭,子夏亦哭。曾子与客立于门侧,其徒趋而出曰:"吾父死,将出哭于巷。"曾子曰:"反哭于尔次。"因北面而吊焉。季武子寝疾,蟜固不说齐衰而入见曰:"士唯公门说齐衰。"武子曰:"善哉!"盖未始如今人之多忌讳也。

玉　牒

《玉牒》修书,始于大中祥符,至于政、宣而极备。考定世次枝分派别而归于本统者,为《仙源积庆图》。推其所自出至于子孙而列其名位者,为《宗藩庆系录》。具其官爵、功罪、生死及若男若女者,为《类纪》。同姓之亲而序其五服之戚疏者,为《属籍》。编年以纪帝系,而载其历数及朝廷政令之因革者,为《玉牒》。

奉使见留

苏武在匈奴十九年,魏于什门在燕二十一年,近时洪忠宣在金亦几二十年。

四　　虫

冰蚕不知寒，火鼠不知热，蓼虫不知苦，蜣蜋不知臭。

诸 贤 气 象

濂溪、明道似颜子，伊川、横渠似孟子，南轩似颜子，晦庵似孟子。

心　　思

《书》曰"思曰睿"，"睿作圣"。《扬子》曰："神心惚恍，经纬万方。"《孔丛子》曰："心之精神是谓圣。"《管子》曰："思之思之，又重思之，思之而不通，鬼神将通之，非鬼神之力也，精诚之极也。"邵子曰："天向一中分造化，人从心上起经纶。"或曰：《易》言"何思何虑"，何也？曰：始于思，终于无思；非不思也，不待思也。此不识不知而顺帝则，从心所欲而不逾矩，庖丁之解牛，轮扁之斫轮，痀偻之承蜩，岂更待于思乎？

谢 肉 牒

周益公家藏欧阳公家书一幅，纸斜封，乃冷寿光牒。其词云："具位某。猪肉一斤，右伏蒙颁赐，领外无任感激，谨具牒谢。谨牒。年月日。具位某牒。"盖改牒为状，自元丰始，日趋于谀矣。且前辈交际，其馈止于如此，未尝过于丰侈也。

丙编卷四

蔡攸辞酒

蔡攸尝赐饮禁中,徽宗频以巨觥宣劝之。攸恳辞不任杯杓,将至颠踣。上曰:"就令灌死,亦不至失一司马光也。"由是言之,则上之尊光而薄攸至矣。然光已死,不免削夺,而攸迄被眷宠,是可叹也。

酒有和劲

唐子西在惠州,名酒之和者曰"养生主",劲者曰"齐物论"。杨诚斋退休,名酒之和者曰"金盘露",劲者曰"椒花雨",尝曰:"余爱椒花雨甚于金盘露。"意盖有为也。余尝谓与其一于和劲,孰若和劲两忘。顷在太学时,同舍以思堂春合润州北府兵厨,以庆远堂合严州潇洒泉,饮之甚佳。余曰:不刚不柔,可以观德矣;非宽非猛,可以观政矣。厥后官于容南,太守王元邃以白酒之和者,红酒之劲者,手自剂量,合而为一,杀以白灰一刀圭,风韵顿奇。索余作诗,余为长句云:"小槽真珠太森严,兵厨王友专甘醇。两家风味欠商略,偏刚偏柔俱可怜。使君袖有转物手,鸬鹚杓中平等分。更凭石髓媒妁之,混融并作一家春。季良不用笑伯高,张竦何必讥陈遵。时中便是尼父圣,孤竹柳下成一人。平虽有智难独任,勃也未可嫌少文。黄龙丙魏要兼用,姚宋相济成开元。试将此酒反观我,胸中问学当日新。更将此酒达观国,宇宙皆可归经纶。书生触处便饶舌,以一贯万如斫轮。使君闻此却绝倒,罚以太白眠金尊。"

物　产　不　常

　　《书》曰:“若作和羹,尔惟盐梅。”《诗》曰:“摽有梅,其实七兮。”又曰:“终南何有?有条有梅。”毛氏曰:梅,枏也。陆玑曰:似杏而实酸。盖但取其实与材而已,未尝及其花也。至六朝时,乃略有咏之者,及唐而吟咏滋多。至本朝,则诗与歌词连篇累牍,推为群芳之首,至恨《离骚》集众香草而不应遗梅。余观《三百五篇》,如桃、李、芍药、棠棣、兰之类,无不歌咏。如梅之清香玉色,迥出桃李之上,岂独取其材与实而遗其花哉!或者古之梅花其色香之奇未必如后世,亦未可知也。盖天地之气,腾降变易,不常其所,而物亦随之。故或昔有而今无,或昔无而今有,或昔庸凡而今瑰异,或昔瑰异而今庸凡,要皆难以一定言。且如古人之祭,焫萧酌郁鬯,取其香也,而今之萧与郁金何尝有香?盖《离骚》已指萧艾为恶草矣。又如牡丹,自唐以前未有闻,至武后时,樵夫探山乃得之。国色天香,高掩群花。于是舒元舆为之赋,李太白为之诗,固已奇矣。至本朝,紫黄丹白,标目尤盛。至于近时,则翻腾百种,愈出愈奇。又如荔支,明皇时所谓“一骑红尘妃子笑”者,谓泸戎产也,故杜子美有“忆向泸戎摘荔枝”之句。是时闽品绝未有闻,至今则闽品奇妙香味皆可仆视泸戎。蔡君谟作谱,为品已多,而自后奇名异品,又有出于君谟所谱之外者。他如木犀、山矾、素馨、茉莉,其香之清婉,皆不出兰芷下,而自唐以前,墨客骚人曾未有一诺及之者,何也?游成之曰:“一气埏埴,孰测端倪,乌知古所无者,今不新出,而昔常见者,后不变灭哉!人生须臾,即以耳目之常者,拘议造物,亦已陋矣。”余闻秦中不产竹,昔年山崩,其下乃皆巨竹头。由是言之,古固产竹矣。晋葛洪欲问丹砂,求为勾漏令。勾漏县隶容州,余尝为法曹,亲至其地求所谓丹砂者,颗粒不可得,岂非昔有而今无哉!盖非特物然也,巴邛、闽峤夙号荒陋,而汉唐以来渐产人才,至本朝益盛。古称:山西出将,山东出相。又曰:汝颍多奇士,燕赵多佳人。其说拘矣。

以 德 报 怨

或曰：以德报怨何如？子曰："何以报德？以直报怨，以德报德。"佛经载：释迦佛在山中修行，歌利王入山猎兽，问佛兽何在，佛不忍伤生，不应。歌利王怒，截落佛左手；又问，不应，又截落右手。佛是时即发愿曰："我若成佛，先度此人，无令枉害众生。"其后成佛，即先度之。十大弟子中，陈犒如尊者是也。余谓释迦佛好一个阔大肚肠，好一个慈愍心性，人能将此段公案降伏其心，则省得冤冤相报，沙界众生悉成佛矣，何至干戈斧钺如林而起哉！然以儒教论之，是乃以德报怨，非以直报怨也。夫以德报怨，可论慈悲广大，孤高卓绝，过人万万矣。然夫子不取者，谓其不可通行于世也。吾儒之道，必欲其可通行，故曰中庸，又曰近人情。

中 兴 讲 和

绍兴辛巳，金主亮南侵，高宗下诏亲征。其词云："惟天惟祖宗，既共扶于基运；有民有社稷，敢自逸于燕安。"又云："岁星临于吴分，定成淝水之勋；斗士倍于晋师，可决韩原之胜。"洪容斋笔也。车驾次平江，亮授首，遂班师。次年壬午内禅，孝宗即位。锐意规恢，起张魏公督师。南轩以内机入奏，引见德寿宫，时卢仲贤使金回，高宗问："曾见仲贤否？"对曰："臣已见之。"又问："卿父谓如何，莫便议和否？"对曰："臣尝谓金人必衰败，国家必隆兴。"上曰："何如？"对曰："太上皇帝仁孝之德，上格于天，又传位圣子，虽古唐虞无以过，而金人不道，篡夺相仍，无复君臣父子，不知天心祐国家乎？祐金人乎？臣有以知其然也。"上曰："极是。今日金人诚衰乎？"对曰："自亮送死之后，士马物故甚众，诸国背叛，人心怨离，金诚衰矣。"上曰："自亮死，非特金人衰弱，吾国亦未免力弱。但仲贤等既回，何以应之？"对曰："臣父职在边隅，战守是谨，此事看庙堂如何议。但愿审处而徐应之，无贻后悔。"上曰："只是说与卿父，今日国家须更量度民力国力，早收拾取。闻契丹与金相攻,若契丹事成,他日自可收卞庄子刺虎之功;若金未有乱,且务恤民治军,待时而动可见。"高宗惩于变故,意不欲战,且闻金人议欲尊我为兄,故颇喜之。孝宗初年,规恢之志甚锐,而卒不得逞者,非特当时谋臣猛将凋丧略尽,财屈兵弱未可展布,亦以德寿圣志主于安静,不忍违也。厥后蓄积稍羡,又尝有意用兵,祭酒芮国器奏曰:"陛下只是被数文腥钱使作,何不试打算了得几番犒赏。"上曰:"朕未知计也,待打算报卿。"后打算只了得十三番犒赏,于是用兵之意又寝。乃知南北分合,自有定数,虽英明之主不能强也。

志 士 死 饥 寒

元次山避水于高原,馕粮不继,遂饿而死。陈后山为馆职,当侍祠郊丘,非重裘不能御寒,后山止有其一。其内子与赵挺之之内亲姊妹也,乃为赵假一裘以衣之。后山问所从来,内以实告。后山曰:"汝岂不知我不著他衣裳耶!"却去之,止衣一裘,竟感寒疾而死。呜呼!二子可谓"志士不忘在沟壑"者矣。充二子之才识德望,曳丝乘车,食养贤之鼎,其谁曰不宜?然志节清亮,宁甘于饿死冻死,而不肯少枉其道,少失其身,此所以皓皓乎不可尚也。陆龟蒙《杞菊赋》曰:"我岂不知屠沽儿有酒食耶?"亦略有二子风味。扬子云曰:"古者高饿显,下禄隐。"杨诚斋曰:"李杜饥寒能几日,却教富贵不论年。"

释 儒 罪 人

《楞严经》曰:"将此深心奉尘刹,是则名为报佛恩。"由是言之,今之释子大半是释迦佛之罪人。文中子曰:"通也,受夫子罔极之恩。"《孟子》曰:"不失其身而能事其亲者,吾闻之矣。失其身而能事其亲者,吾未之闻也。"由是言之,今儒者大半是吾夫子之罪人。

气 之 先 见

岁将饿,小民餐必倍多。俗谚谓之作荒,此天地之气先馁也。开禧兵兴之先,江西草木秋冬生花,有山矾而生栀子花,桃树而生李实者,村落铁谷生金花或神佛像,此天地之气先乱也。冯此山为余言,谓其家尊厚斋之说。

山 静 日 长

唐子西诗云:"山静似太古,日长如小年。"余家深山之中,每春夏之交,苍藓盈阶,落花满径,门无剥啄,松影参差,禽声上下。午睡初足,旋汲山泉,拾松枝,煮苦茗啜之。随意读《周易》、《国风》、《左氏传》、《离骚》、太史公书及陶、杜诗,韩、苏文数篇。从容步山径,抚松竹,与麛犊共偃息于长林丰草间。坐弄流泉,漱齿濯足。既归竹窗下,则山妻稚子作笋蕨,供麦饭,欣然一饱。弄笔窗间,随大小作数十字,展所藏法帖、墨迹、画卷纵观之。兴到则吟小诗,或草《玉露》一两段。再烹苦茗一杯,出步溪边,邂逅园翁溪友,问桑麻,说粳稻,量晴校雨,探节数时,相与剧谈一饷。归而倚杖柴门之下,则夕阳在山,紫绿万状,变幻顷刻,恍可人目。牛背笛声,两两来归,而月印前溪矣。味子西此句,可谓妙绝。然此句妙矣,识其妙者尽少。彼牵黄臂苍、驰猎于声利之场者,但见衮衮马头尘,匆匆驹隙影耳,乌知此句之妙哉!人能真知此妙,则东坡所谓"无事此静坐,一日是两日。若活七十年,便是百四十",所得不已多乎?

日 本 国 僧

予少年时,于钟陵邂逅日本国一僧,名安觉,自言离其国已十年,欲尽记一部藏经乃归。念诵甚苦,不舍昼夜,每有遗忘,则叩头佛前,祈佛阴相。是时已记藏经一半矣。夷狄之人,异教之徒,其立志坚苦不退转至于如此。朱文公云："今世学者，读书寻行数墨，备礼应数，六经、《语》、《孟》，不曾全记得三五板，如此而望有成，亦已难矣。"其视此僧，殆有愧色。僧言其国称其国王曰"天人国王"，安抚曰"牧队"，通判曰"在国司"，秀才曰"殿罗罢"，僧曰"黄榜"，砚曰"松苏利必"，笔曰"分直"，墨曰"苏弥"，头曰"加是罗"，手曰"提"，眼曰"媚"，口曰"窟底"，耳曰"弭弭"，面曰"皮部"，心曰"毋儿"，脚曰"又儿"，雨曰"下米"，风曰"客安之"，盐曰"洗和"，酒曰"沙嬉"。

杜 陵 论 孔 明

史言蜀诸贤凋丧，孔明身当军国之务，罚二十以上皆亲之，以劳瘁致毙。此真儿童之论也。夫孔明不死，则汉业可复，礼乐可兴。孔明死，则为五胡乱华，为六朝幅裂，其所关系大矣。中营陨星之变，天意盖可知矣，岂因罚二十以上自亲之而致毙乎？且孔明死时，年才五十四，初非癃老不任劳苦之时。况以孔明之明达，岂不能量事之小大，身之劳逸，而顾弊精神于琐琐，以自殒其躯乎？此决无之理也。杜少陵知之，故曰："伯仲之间见伊吕，指麾若定失萧曹。福移汉祚难恢复，志决身歼军务劳。"言孔明之死，乃汉运已移，汉祚已终，大数不可支持耳。志决身歼，岂因军务之劳乎？盖不然史臣之说也。

龙 洲 诗 联

龙洲刘改之诗云："退一步行安乐法，道三个好喜欢缘。"真西山喜诵之。或曰：退一步行，可也。至于道三个好，乃随俗徇情耳，何足言乎？余曰：古人直道而行。理之所在，蓦直行将去，仕止久速，莫不皆然，乌有所谓退一步者？自后世贪荣竞进，争一阶半级，至于杀人，于是始以退一步行为安乐法矣。古人是则曰是，非则曰非，明白正直，曾何回护？自后世恶直好佞，以直言贾祸者，比比皆是，于是始以道三个好为喜欢缘矣，此处衰世之法也。盖万事称好，不特司马德操为然，而吾夫子固有危行言孙之说矣。好尽言以扬人之过，此国武子所以见杀也,可不戒哉!

圆　　觉

裴休《圆觉经》序云:"终日圆觉,而未尝圆觉者,凡夫也。欲证圆觉,而未极圆觉者,菩萨也。具足圆觉,而住持圆觉者,如来也。"盖言凡夫日用饮食而不知,菩萨也精思勉行而未至,如来备道全美而无亏耳。近时禅家又作一转语曰:"终日圆觉,而未尝圆觉者,岂凡夫哉!正是如来境界也。"此意又高。盖此有二意:文王不识不知顺帝则,夫子从心所欲不逾矩,此一意也。文王望道而未之见,夫子丘未能一,又一意也。盖必如是,然后周万有而不劳,历万变而不息,儒者之事也。佛者之教,其等级次第皆与吾儒同,特其端异耳,故曰异端。

淳熙盛事

孝宗御宇,高宗在德寿,光宗在青宫,宁宗在平阳邸,四世本支之盛,亘古未有。杨诚斋时为宫僚,贺光宗诞辰诗云:"祖尧父舜真千载,禹子汤孙更一家。"读者服其精切。又云:"天意分明昌火德,诞辰三世总丁年。"盖高宗生于丁亥,孝宗生于丁未,光宗生于丁卯也。丁年字出李陵书,借用亦佳。

张　子　房

张子房盖侠士之知义、策士之知幾者,要非儒也。故早年颇似荆轲,晚岁颇似鲁仲连。得老氏不敢为天下先之术,不代大匠斫,故不伤手,善于打乖。荆公诗云:"汉业存亡俯仰中,留侯于此每从容。固陵始议韩彭地,复道方谋雍齿封。"盖因机乘时,与之斡旋,未尝自我发端,故消弭事变,全不费力。朱文公云:"子房只是占便宜,不肯自犯手做。如为韩报秦,撺掇高祖入关;及项羽杀韩王成,又使高祖平项羽。两次报仇,皆不自做。后来定太子事,他亦自处闲地,又只教四老人出来做。后来诛僇功臣时，更讨他不着。邵康节之学，亦与子房相似。康节本是要出来有为之人，又不肯深犯手做。凡事直待可做处，方试为之，才觉难，便拽身退。如《击壤集》中以道观道等语，是物各付物之意，盖自家都不犯手，又凡事只到半中央便止，如'春花切勿看离披'是也。"

东　　西

世之言仙者曰蓬莱，言佛者曰天竺。蓬莱，东也；天竺，西也。《抱朴子》曰：自齐州至日出之所，号曰"太平地"。而佛经亦谓西方为"极乐世界"。太平、极乐，独称于东西，何也？自古战争惟曰南北，而罕曰东西。惟汉高皇与项羽、宇文泰与高欢是东西相距，然不过一二十年耳。

诚　斋　夫　人

杨诚斋夫人罗氏，年七十余，每寒月黎明即起，诣厨躬作粥一釜，遍享奴婢，然后使之服役。其子东山先生启曰："天寒何自苦如此？"夫人曰："奴婢亦人子也。清晨寒冷，须使其腹中略有火气，乃堪服役耳。"东山曰："夫人老，且贱事，何倒行而逆施乎？"夫人怒曰："我自乐此，不知寒也。汝为此言，必不能如吾矣！"东山守吴兴，夫人尝于郡圃种苎，躬纺缉以为衣，时年盖八十余矣。东山月俸，分以奉母。夫人忽小疾，既愈，出所积券，曰："此长物也，自吾积此，意不乐，果致疾。今宜悉以谢医，则吾无事矣。"平居首饰止于银，衣止于绸绢。生四子三女，悉自乳，曰："饥人之子，以哺吾子，是诚何心哉？"诚斋父子视金玉如粪土。诚斋将漕江东，有俸给仅万缗，留库中，弃之而归。东山帅五羊，以俸钱七千缗代下户输租。其家采椽土阶，如田舍翁，三世无增饰。东山病且死，无衣衾，适广西帅赵季仁馈缬绢数端。东山曰："此贤者之赐也，衾材无忧矣。"史良叔守庐陵，官满来访。入其门，升其堂，目之所见，无非可敬可仰、可师可法者，所得多矣，因命画工图之而去。诚斋、东山清介绝俗，固皆得之天资，而妇道母仪所助亦已多矣。《左传》：文伯之母老而犹绩，文伯曰："以歇之家而主犹绩乎？"其母叹曰："鲁其亡乎！使童子备官而未之闻也。居，吾语汝！民劳则思，思则善心生；逸则淫，淫则恶心生。沃土之民不才，淫也；瘠土之民莫不向义，劳也。是故王后亲织玄紞，公侯之夫人加以纮綖，卿之内子为大带，命妇成祭服，列士之妻加之以朝服，自庶士以下皆衣其夫。社而赋事，烝而献功，男女效绩，愆则有辟，古之制也。吾冀而朝夕修曰：'必无废先人。'尔今曰：'胡不自安。'以是承君之官，予惧穆伯之绝嗣也。"因是观诚斋夫人，乃知古今未尝无烈女，未尝无贤母。

丙编卷五

读　书

自文籍既生,学者固不可不读书。子路有何必读书之说,夫子斥之。至于学《诗》、学《易》、学《礼》,与夫"志在《春秋》,行在《孝经》"之说,拳拳为其子及门人言之,晚而归鲁,删定系作,其功至贤于尧舜。则后之欲学圣人者,舍书则何以哉! 然是时词章之名未立,科举之法未行,士之读书者,上则取之以抚世酬物,又次则取之以博识多闻,下至苏秦之刺股读书,专为揣摩游说之计,固已陋矣。然亦视书为有用之具,固未有入耳出口,如后世之甚者也。盖至于今,士非尧、舜、文王、周、孔不谈,非《语》、《孟》、《中庸》、《大学》不观,言必称周、程、张、朱,学必曰"致知格物",此自三代而后所未有也,可谓盛矣。然豪杰之士不出,礼义之俗不成,士风日陋于一日,人才岁衰于一岁,而学校之所讲,逢掖之所谈,几有若屠儿之礼佛,娼家之读礼者,是可叹也。昔子贡问子石子不学《诗》乎,子石子曰:"吾暇乎哉! 父母求吾孝,兄弟求吾弟,朋友求吾信,吾暇乎哉!"子贡曰:"请投吾《诗》,以学于子。"公明宣学于曾子,三年不读书。曾子曰:"宣子居参之门,三年不学,何也?"对曰:"安敢不学? 宣见夫子居亲庭,叱咤之声未尝至于犬马,宣说之,学而未能。宣见夫子之应宾客,恭俭而不懈惰,宣说之,学而未能。宣见夫子之居朝廷,临下而不毁伤,宣说之,学而未能。宣安敢不学而居夫子之门乎?"若子石子、公明宣之说,今之学者诚不可以不知也。

芍　吕　臣

楚芍吕臣奉己而不在民,于是晋文无复忧色。呜呼! 自三代衰,民不见先王之治，日入于乱，皆上下之间，怀此一念，有以致之，岂独一芴吕臣哉！此无他，古学不讲，不识一个"仁"字而已。本朝大臣，最是范文正公、司马温公见得此个字分明。

苏　黄　迁　谪

苏子瞻谪儋州，以"儋"与"瞻"字相近也。子由谪雷州，以"雷"字下有"田"字也。黄鲁直谪宜州，以"宜"字类"直"字也。此章子厚呆谲之意。当时有术士曰："儋"字，从立人，子瞻其尚能北归乎！"雷"字，"雨"在"田"上，承天之泽也，子由其未艾乎！"宜"字，乃"直"字，有盖棺之义也，鲁直其不返乎！后子瞻北归，至毗陵而卒。子由退老于颍，十余年乃终。鲁直竟卒于宜。

张　林　语

山东义士张林告淮阃曰："土地归本朝，铜钱将安往？"此说尽是。余欲添二句云："人心归本朝，土地将安往？"

阿　　附

光、禹之罪，浮于王氏；六臣之罪，浮于朱温。人人皆王陵，则吕氏不敢动矣；人人皆王章，则王氏不敢动矣。

猫　　犬

东坡云："养猫以捕鼠，不可以无鼠而养不捕之猫；畜犬以防奸，不可以无奸而蓄不吠之犬。"余谓不捕犹可也，不捕鼠而捕鸡则甚矣；不吠犹可也，不吠盗而吠主则甚矣。疾视正人，必欲尽击去之，非捕鸡乎？委心权要，使天子孤立，非吠主乎？

南中岩洞

桂林石山怪伟,东南所无。韩退之谓"山如碧玉簪",柳子厚谓"拔地峭起,林立四野",黄鲁直谓"平地苍玉忽嶒峨",近时刘叔治云"环城五里皆奇石,疑是虚无海上山",皆极其形容。然此特言石山耳,至于暗洞之瑰怪,尤不可具道,相传与九疑相通。范石湖尝游焉,烛尽而反。余尝随桂林伯赵季仁游其间,列炬数百,随以鼓吹,市人从之者以千计。巳而入,申而出。入自曾公岩,出于栖霞洞。入若深夜,出乃白昼,恍如隔宿异世,季仁索余赋诗纪之,其略曰:"瑰奇恣搜讨,贝阙青瑶房。方隘疑永巷,俄敞如华堂。玉桥巧横溪,琼户正当窗。仙佛肖仿佛,钟鼓铿击撞。赑赑左顾龟,猘猘欲吠庬。丹灶俨亡恙,芝田蔼生香。搏噬千怪聚,绚烂五色光。更无一尘涴,但觉六月凉。玲珑穿数路,屈曲通三湘。神鬼工剜刻,乾坤真混茫。入如夜漆暗,出乃日珠光。隔世疑恍惚,异境难揣量。"然终不能尽形容也。又尝游容州勾漏洞天,四面石山围绕,中平野数里,洞在平地,不烦登陟。外略敞豁,中一暗溪穿入,因乘北流令结小桴,秉烛坐其上,命篙师撑入,诘屈而行。水清无底,两岸石如虎豹猱玃,森然欲搏。行一里许,仰见一大星炯然,细视乃石穿一孔,透天光若星也。溪不可穷乃返。洞对面高厓上,夏间望见荷叶田田,然峻绝不可到。土人云:或见荷花,则岁必大熟。

傅公谋词

宜春傅公谋词云:"草草三间屋,爱竹旋添栽。碧纱窗户,眼前都是翠云堆。一月山翁高卧,连雪水村清冷,木落远山开。唯有平安竹,留得伴寒梅。　　家童开门看,有谁来。客来一笑,清话煮茗更传杯。有酒只愁无客,有客又愁无酒,酒熟且徘徊。明日人间事,天自有安排。"此词清甚,末句尤达,可歌也。许及之为分宜宰,公谋作《贺雨》诗云:"狮子关前半篆烟,二龙飞下卓篙泉。银河擘电连霄,雨绿野翻云四月天。便觉春生花一县，会看秋熟米三钱。何时卓鲁登黄阁，都与寰区作有年。"及之击节。公谋尤工作酸文，尝作无遮榜语云："红旗渡口，凄凉芳草夕阳天；白纸山头，惨淡落花寒食节。"甚工。

冬　狩　行

自古夷狄交侵，中国衰微，必人主真有哀痛之诚，将帅真有愤切之志，然后可以言恢复。杜陵《冬狩行》曰："草间狐兔尽何益，天子不在咸阳宫。"规警将帅也。又曰："朝廷虽无幽王祸，得不哀痛尘再蒙。"规警人主也。然人主者，本也。人主果有兴衰拨乱之志，其谁敢不从？故又曰："乌乎！得不哀痛尘再蒙。"所以深规警人主也。

举　事　轻　捷

大凡举事轻捷则易成，繁重则难济。春秋时，宋人杀楚使者。楚子闻之，投袂而起，屦及于窒皇，剑及于寝门之外，车及于蒲胥之市，何其轻捷也。澶渊之役，寇准与真宗论亲征。上欲入，准曰："陛下不可入，入则不出矣。"于是高琼在殿下大呼逍遥子，即拥以行，亦何其捷疾。举事须如此，乃能压难成功。此却非仓卒所致，须平时有备有谋，规模定，号令明，然后临事之时，上下始能相应，盖亦不出易简二字而已。东坡云："千钧之牛，制于三尺之童子，弭耳而下之，曾不如狙猿之奋掷于山林。"大抵易简则轻捷，繁难则重滞。

周　文　陆　诗

朱文公于当世之文，独取周益公；于当世之诗，独取陆放翁。盖二公诗文气质浑厚故也。

范　云

人之狂惑失其本心,有大可笑者。《南史》:范云初为陈武帝属官,武帝九锡之命在旦夕,云忽感寒疾,恐不获预庆事,召徐文伯诊视,以实恳之曰:"可便得愈乎?"文伯曰:"欲便瘥甚易,政恐二年后不复起耳。"云曰:"朝闻道夕死犹可,况二年乎?"文伯乃以火烧地,布桃叶设席,置云其上,顷刻汗解,裹以温松,翌日有瘳。云喜甚,文伯曰:"不足喜也。"越二年,果卒。夫老子曰:"身与名孰亲?"况于荣贵外物,有道之士,盖视为尘垢秕糠。藉曰所见未超,未能忘情,则亦必有此身,乃可有此荣贵也。今云欲预九锡之庆,乃甘心促寿愈疾以从之,所谓皮之不存,毛将安傅? 岂不愚惑之甚哉! 且其言曰"朝闻道夕死可矣",夫辅人以篡夺,而分其富贵,是果何道哉? 末世之士,不知世间香臭至于如此,亦可哀矣。东坡云:"刘聪闻为须遮国王,则不复畏死。"人之爱富贵有甚于生者。月犯少微,吴中高士求死不得。人之好名,有甘于一死者。此固皆可笑矣,然未若范云可笑之甚也。

置　青　柜

杜成已为相,以为宰相日见宾客,疲神妨务,无益于事,乃不复见客。但设青柜于府门,有欲言利害者投之。越旬日,并柜撤去。有题一联于府门者曰:"杜光范之门,人将望而去矣;撤暗投之柜,我且卷而怀之。"夫题门者,则已薄矣,而成已此举,亦未之思也。

丈　二　殳

《考工记》:殳长寻有四尺。注云:八尺曰寻,殳长丈二。刘潜夫挽左次魏云:"少日一编书,中年丈二殳。"摘用亦佳。

慈　湖　诗

杨慈湖诗云："山禽说我胸中事，烟柳藏他物外机。"又云："万里苍茫融妙意，三杯虚白浴天真。"又六言云："净几横琴晓寒，梅花落在弦间。我欲清吟无句，转烦门外青山。"句意清圆，足觇其所养。

杨存中逐吏

殿帅杨存中有所亲爱吏，平居赐予无算。一旦，无故怒而逐之，吏莫知得罪之由，泣拜辞去。存中曰："无事莫来见我。"吏悟其意，归以厚资俾其子入台中为吏。居无何，御史欲论存中干没军中粪钱十余万。其子闻知，告其父，其父奔告存中。存中即具札奏，言军中有粪钱若干桩管某处，唯朝廷所用。不数日，果以为言，高宗出存中札子示之，御史坐妄言被黜，而存中之眷日隆。存中之逐吏，亦兵法之余智也。然御史可谓不密矣。

渊　明　咏　雪

渊明《雪》诗云："倾耳无希声，在目皓已结。"只十字，而雪之轻虚洁白尽在是矣，后来者莫能加也。

不　忘　山　林

士岂能长守山林，长亲蓑笠，但居市朝轩冕时，要使山林蓑笠之念不忘，乃为胜耳。陶渊明《赴镇军参军》诗曰："望云惭高鸟，临水愧游鱼，真想初在襟，谁谓形迹拘。"似此胸襟，岂为外荣所点染哉！荆公拜相之日，题诗壁间曰："霜松雪竹钟山寺，投老归欤寄此生。"只为他见趣高，故合则留，不合则拂袖便去，更无拘绊。山谷云："佩玉而心若槁木，立朝而意在东山。"亦此意。

不 知 心

许由不受尧之天下，逃诸逆旅，逆旅人疑其窃皮冠。伯夷、叔齐适周，周使叔旦往见之曰："加富二等，就官一列，血牲而盟之。"二子相视而笑。此虽寓言，然人识见相远，奚啻九牛毛！其不知心者，亦往往类此。

元 载

元载败时，告狱吏乞快死。狱吏曰："相公今日不奈何吃些臭。"乃解袜塞其口而卒。余尝有诗曰："臭袜终须来塞口，枉收八百斛胡椒。"

陆 氏 义 门

陆象山家于抚州金溪，累世义居。一人最长者为家长，一家之事听命焉。逐年选差子弟分任家事，或主田畴，或主租税，或主出纳，或主厨爨，或主宾客。公堂之田，仅足给一岁之食。家人计口打饭，自办蔬肉，不合食。私房婢仆，各自供给，许以米附炊。每清晓，附炊之米交至掌厨爨者，置历交收。饭熟，按历给散。宾至，则掌宾者先见之，然后白家长出见。款以五酌，但随堂饭食，夜则厄酒杯羹，虽久留不厌。每晨兴，家长率众子弟致恭于祖祢祠堂，聚揖于厅，妇女道万福于堂。暮，安置亦如之。子弟有过，家长会众子弟，责而训之。不改，则挞之；终不改，度不可容，则告于官，屏之远方。晨揖，击鼓三叠，子弟一人唱云："听听听听听听听，劳我以生天理定。若还惰懒必饥寒，莫到饥寒方怨命。虚空自有神明听。"又唱云："听听听听听听听，衣食生身天付定。酒肉贪多折人寿，经营太甚违天命。定定定定定定定。"又唱云："听听听听听听听，好将孝弟酬身命。更将勤俭答天心，莫把妄思损真性。定定定定定定定，早猛省。"食后会茶，击磬三声,子弟一人唱云:"凡闻声,须有省,照自心,察前境。若方驰骛速回光,悟得昨非由一顷,昔人五观一时领。"乃梭山之词也。近年朝廷始旌表其门闾,其词曰:"张公忍字,睦九世于唐朝;陈氏义居,专一门于江左。若稽前美,允谓鲜能。抚州青田陆氏,代有名儒,德在谥典。聚其族逾三千指,合而爨将二百年。异时流别籍之私,存学考齐家之道。询于州里,既云十世可知;登之简书,奚止一乡称善。视昔为盛,于今为难。部使转以上闻,仪曹请为褒别。事关风教,须议指挥。"

懒　妇

懒妇蟋蟀,见崔豹《古今注》。张功父诗云:"自笑吟秋如懒妇。"

梅 溪 二 瑞

王梅溪文学行义,著于乡里,执经从之者常百余人。其所居之巷有大井,一夕,井中如流星者千百,光彩上烛。又一夕,山下有白虹,长亘山,烂然如昼。未几,入太学,遂魁天下,盖文字之祥也。唱名之日,卫士亦皆欢舞,谓为得人。翌日有旨,宫中不得以销金为饰,行其对策之言也。

多 景 楼 诗

前贤咏题,如太白《凤凰台》、崔颢《黄鹤楼》,固已佳矣。未若近时刘改之《题京口多景楼》,尤为奇伟,真古今绝唱也。其词云:"壮观东南二百州,景于多处却多愁。江流千古英雄泪,山掩诸公富贵羞。北府只今唯有酒,中原在望莫登楼。西风战舰成何事,只送年年使客舟。"盖言多景可喜,而乃多愁何也?自古南未有能并北者,是以英雄泪洒长江,抱此遗恨。然推其所由,实当国者偷取富贵,宴安江沱之所致,是可羞也。晋人言:北府酒可饮,兵可用。今上下习安,玩仇忘寇,北府仅有酒可饮耳,而干戈朽,铁钺钝,士卒脆弱,未闻有可用之兵也。则中原腥膻,决无可洗涤之日,忍复登楼以望之乎!末言"西风战舰",不为进取之图,而送使客之往来,反为奉币事仇之计,则益可悲矣。改之又尝作《塞下曲》十余篇,尤悲壮感慨。尝携以谒陆放翁,放翁击节,赠诗云:"君居古荆州,醉胆天宇小。尚不拜庞公,况肯依刘表。""胸中九渊蛟龙蟠,笔底六月冰雪寒。有时大叫脱乌帻,不怕酒杯如海宽。放翁八十病欲死,相逢尚能刮眼看。李广不生楚汉间,封侯万户宜其难。"

广 右 丁 钱

广右深僻之郡,有所谓丁钱,盖计丁输钱于官,往往数岁之儿即有之。有至死而不与除豁者,甚为民病。故南人之谣曰:"三岁孩儿便识丁,更从阴府役幽魂。"读之可为流涕。范西堂为广西宪,尝力请于朝,乞罢去,虽获从请,然诸郡多借此为岁计,往往名除而实未除也。大概近来州郡赋税失陷,用度月增,其无名之征,未必皆官吏欲以自肥,往往多为补苴支撑之计。朝廷若欲除无名之征以宽民,须是究是一郡盈虚,有以补助之,使岁计不乏,然后实惠乃可及民。不然,亦徒为空言而已。

胡 忠 简 上 书

胡忠简乞斩秦桧之书,既具稿矣,迟疑未上。以示所亲厚,其人畏懦,力止之曰:"公有老母,讵可为此?"以其稿寸裂之。忠简愈疑。有书吏杨其姓者,请间曰:"编修此书,外间已籍籍传诵,庙堂计亦知之矣。今书上亦得罪,不上亦得罪。书上而得罪,其去光华;不上而得罪,其去暧昧。且其祸恐甚于不上也。"忠简大悟,亟缮写投进,乘夜潜诣逆旅,托其所亲厚以老亲妻子。其后□词,犹以誊稿四传为其罪。且曰:"倘有心于为国,自合输忠;惟诡道以取名,故兹惑众。"乃知天下事不可不密,不可不断。此吏真忠简之忠臣,其识见如此,士大夫不如者多矣。

丙编卷六

光 尧 福 德

绍兴中，孝宗初入宫，宰执赞光尧盛德，真尧、舜用心。上曰："尧舜之事甚不难。"盖脱跣之意，先定于此时矣。厥后受禅之议定，宰执称贺，且致恋轩之意。上曰："朕在位久，失德甚多，更赖卿等掩覆。"大哉言乎！何其谦尊而光也。不知尧禅舜时，有此言否？邵康节诗曰："五事历将前代数，帝尧而下固无之。"岂知中兴内禅之盛美，虽尧亦不能及也。谓之光尧，信矣。其有光于尧矣。舜、禹受禅之后，其所以事尧、舜者，当必尽道。然要之君臣，而非父子也。文王受武王之养，盖方伯耳。汉高五日一朝太公，太公亦非身有天下者也。惟唐肃宗之于明皇，乃父子帝王。然灵武即位，已几于篡，内外牵制，孝道大亏。山谷之诗曰："事有至难天幸耳，上皇局蹐还京师。内间张后色可否，外间李父颐指挥。南内凄凉几苟活，高将军去事尤危。"潘邠老之诗曰："天下宁知再有唐，皇帝紫袍迎上皇。神器仓忙吾取惜，儿不终孝听五郎。父子几何不豺虎，君臣宁能责胡虏！南内凄凉谁得知，人家称节作端午。"至今读者为之凄楚。惟我光尧为天下得人，而孝宗以舜、禹之资，躬曾、闵之行，彩衣焜煌，参侍游遨于湖山之间，赋诗饮酒，承颜适志，以天下养者二十四年，此开辟以来所未有也。杨诚斋《庆寿口号》曰："长乐宫前望翠华，玉皇来贺太皇家。青天白日仍飞雪，错认东风转柳花。""春色何须羯鼓催，君王元日领春回。牡丹芍药蔷薇朵，都向千官帽上开。""双金狮子四金龙，喷出香云绕殿中。太上垂衣今上拜，百王曾有个家风。""帝捧瑶觞玉座前，彩衣三世祝尧年。天皇八十一万岁，休说《庄》椿两八千。""大父晨兴未出房，君王忍冷立风廊。忽然鸣跸珠帘卷，万岁传声震八荒。""花外班行雾外天，何缘子细望龙颜。小窥玉色真难老，底用瞳仙九转丹。"

"甘露祥风天上来,今回恩数赛前回。都将四海欢声沸,酿作慈皇万寿杯。""尧舜同时已甚都,祖孙四世古今无。谁将写日摹天手,画作《皇王盛事图》。"光尧晚岁尤康强,孝宗尝谓周益公曰"太上极善将摄,终日端坐不倦,全不饮酒。晡时即入寝阁,五更便起。多服疏利药,服牵牛圆至四五十粒。其异禀如此,他人如何及。圣寿登八十一"云。

文 章 性 理

凡作文章,须要胸中有万卷书为之根柢,自然雄浑有筋骨,精明有气魄,深醇有意味,可以追古作者。若作诗,只就诗中探撷;作四六,只就四六中斗凑;作古文,只就《史》、《汉》、韩、柳中取其奇字硬语,模拟而为之;如此岂能如《霓裳》一曲,高掩前古哉!王荆公谓今之作文者,如拾奇花之英,掬而玩之,虽芳馨可爱,而根柢蔑如矣。虽然,岂独文哉!近时讲性理者,亦几于舍六经而观语录。甚者将程、朱语录而编之若策括策套,此其于吾身心不知果何益乎!魏鹤山答友人书云:"须从诸经字字看过,思所以自得,不可只从前贤言语上作工夫。"又云:"要作穷理格物工夫,须将三代以前模规在胸次,若只在汉、晋诸儒脚迹下盘旋,终不济事。"又云:"向来多看先儒解说,近思之,不如一一自圣经看来。盖不到地头亲自涉历一番,终是见得不真。又非一一精体实践,则徒为谈辨文采之资耳。来书乃谓只须祖述朱文公诸书,文公诸书,读之久矣,政缘不欲于卖花担上看桃李,须树头枝底方见活精神也。"鹤山此论学者不可不佩服。余尝辑《心学经传》十卷,序发之辞有曰:"学者不求之周、程、张、朱固不可,徒求之周、程、张、朱而不本之六经,是舍祢而宗兄也。不求之六经固不可,徒求之六经而不反之吾心,是买椟而弃珠也。"

花 卿 歌

杜陵《花卿歌》末云:"人道花卿绝世无,既称绝世无,天子何不唤取守京都。"此诗全篇形容其勇锐有余而忠义不足，故虽可以守京都，而天子终不敢信用之。语意涵蓄不迫切，使人咀嚼而自得之，可以亚《国风》矣。或曰：末句乃恨天子不用之之词。非也。

杜　陈　诗

范二员外、吴十侍御访杜少陵于草堂，少陵偶出，不及见，谢以诗云："暂往北邻去，空闻二妙归。幽栖诚简略，衰白已光辉。野外贫家远，村中好客稀。论文或不愧，重肯款柴扉。"陈后山在京师，张文潜、晁无咎为馆职，联骑过之。后山偶出萧寺，二君题壁而去。后山亦谢以诗云："白社双林去，高轩二妙来。排门冲鸟雀，挥壁带尘埃。不惮升堂费，深愁载酒回。功名付公等，归路在蓬莱。"杜、陈一时之事相类，二诗酝藉风流，亦未易可优劣。

骑　牛　诗

姚镛为吉州判官，以平寇论功，不数年擢守章贡。为人豪隽，喜作诗，自号"雪蓬"。尝令画工肖其像，骑牛于硐谷之间。索郡人赵东野题诗，东野题云："骑牛无笠又无蓑，断陇横冈到处过。暖日暄风不常有，前村雨暗却如何？"盖规切之也。居无何，忤帅臣，以贪劾之。时端平更化之初，施行特重，贬衡阳，人皆服东野之先见。

得穷鬼力

齐景公有马千驷，死之日，民无德而称焉。伯夷、叔齐饿死首阳之下，民到于今称之。扬子云作《法言》，蜀之富人载钱五十万求书名其间，子云不可。李仲元、郑子真不持钱，子云书之，至今与日月争光。余观韩退之《送穷文》，历述穷鬼之害，至末乃云："吾立子名，百世不磨。"是到底却得穷鬼力。夷、齐、李、郑，亦所谓得穷鬼力者也。

方　寸　地

俗语云："但存方寸地，留与子孙耕。"指心而言也。三字虽不见于经传，却亦甚雅。余尝作《方寸地说》，其辞云：或问方寸地何地也？亦有治地之法否乎？余曰：伟哉问！世之人固有无立锥地者，亦有跨都兼邑者，有无贫富相绝也。惟此方寸地人人有之，敛之其细无伦，充之包八荒，备万物，无界限，无方体。甚矣！其地之灵也。然此地人人有，而治地之力不人人能施，治地之法不人人能知。故芜秽不治者，有此地而不能治。治而不知其法者，虽治此地，亦犹不治此地。是故孔子、孟轲，治地之农师圃师也；六经、《语》、《孟》，治地之《齐民要术》也；良知良能、恻隐羞恶、是非辞逊之端，嘉种之诞降者也；博文约礼，仰观俯察，求辅仁切偲之功，资直谅多闻之益，培粪灌溉法也；时时习，日日新，暗室屋漏守之密，视听言动察之精，封植长养法也；忿必惩，欲必窒，惰必警，轻必矫，无稽之言必不听，便佞之友必不亲，芟薙耘锄法也。优游而厌饫之，固守而静俟之，不躐等，不陵节，不求闻，不计获，乃宋人之不揠苗，郭橐驼之善种树也。诚如是，则信善而大化，笃实而辉光，通神明，赞化育，乃实颖实栗之时，参天溜雨之日也。治地至此，始可言善治地矣。道家有寸田尺宅之说，养生引年者取之；里谚有留方寸地与子孙耕之说，种德食报者取之。其言未为无理，要皆堕于一偏。若从孔、孟治地之法，则仁者必寿，善者必福，清明之志气如神，厚德之流光寖远。道家、里谚之说，在其中矣。虽然是地也，嘉种固所素有，恶种亦易以生。嘉种每难于封殖，恶种常至于蔓延。其或认槭棘为美楗，认稊稗为良苗，则夭之沃沃，恶种日见其猥大，而嘉种微矣。呜呼噫嘻！可惧也哉！然则如之何？曰：在早辨。

绘　　事

绘雪者不能绘其清，绘月者不能绘其明，绘花者不能绘其馨，绘泉者不能绘其声,绘人者不能绘其情,然则言语文字,固不足以尽道也。

除目损道心

古诗云:"一日看除目,三年损道心。"余谓人患道心不存耳,道心果存,岂看除目所得损哉? 彼慕膻�‍饵之念,洗涤未净,往往身寄山林,而心存朝市,迹履泉石,而意系轩冕,视山林泉石反若笼槛桎梏,宜其看除目而心为之损也。特所损者,人心耳,岂道心哉! 伊州曰:百官万务,金革百万之众,曲肱饮水,乐在其中矣。万变皆在人,其实无一事。朱文公云:艮其背,是止于止;行其庭,是止于动;不获其身,是无与于己;不见其人,是亦不见人。无人无己,但见是此道理,各止其所也,止而至于如此,其谁能动之! 昔有僧居深山中,山鬼百计害之,或诱以淫声美色,或眩以珍羞玩好,或惧以奇形异物,或胁以刀锯炮烙,僧皆不为之动,久之乃寂然无有。或问其故,僧曰:"山鬼之伎俩有尽,老僧之不闻不见无尽。"此即所谓不获其身,不见其人者也。心安如是,又岂除目所能损也。

缕葱丝

有士夫于京师买一妾,自言是蔡太师府包子厨中人。一日,令其作包子,辞以不能。诘之曰:"既是包子厨中人,何为不能作包子?"对曰:"妾包子厨中缕葱丝者也。"曾无疑乃周益公门下士,有委之作志铭者,无疑援此事以辞曰:"某于公益之门乃包子厨中缕葱丝者也,焉能作包子哉!"

士修于家

全州士人滕处厚贻书魏鹤山云:"汉人谓士修于家而坏于天子之庭。夫能坏于天子之庭者,必其未尝修之于家者也。"可谓至论。然余观柳子厚《河间传》，非不修于家也。及窃视持己者甚美，左右为不善者，己更得适意，鼻息咈然，则虽欲不坏于天子之庭，得乎？要之不坏于天子之庭，乃特立独行者也。若夫中人，虽修于家，其不坏于天子之庭者，鲜矣。

用 兵 吉 兆

马燧讨李怀光，夜宿一村。问田父："此何村也？"曰："名埋怀村。"燧大喜曰："吾诛怀光必矣！"澶渊之役，亦以宋捷为吉兆。岳飞讨杨么，时么据洞庭，出没不可测。偶获一谍者，问其巢穴，对曰："险阻安可入？惟飞乃能入耳。"飞大笑曰："天遣汝为此言，吾必破其巢穴。"三军大喜，迄平之。盖用兵行师但得吉兆，亦足以壮三军之气。重耳出奔，乞食于野人。野人与之块，此本相戏，而子犯乃曰："天赐也！"却说从吉兆上去。盖以坚从亡者之心。如狐鸣鱼书之类，至诈为吉兆以动众。若老妪赤帝之称，芒砀云气之瑞，昭灼如此，安得使豪杰之不景从乎！

诗 不 拘 韵

杨诚斋云："今之《礼部韵》，乃是限制士子程文不许出韵，因难以见其工耳。至于吟咏情性，当以《国风》、《离骚》为法，又奚《礼部韵》之拘哉！"魏鹤山亦云："除科举之外，闲赋之诗不必一一以韵为较；况今所较者，特《礼部韵》耳。此只是魏晋以来之韵。隋唐以来之法，若据古音，则今'麻'、'马'等韵元无之，'歌'字韵与'之'字韵通，'豪'字韵与'萧'字韵通。言之及此，方是经雅。"

尤 杨 雅 谑

尤梁溪延之，博洽工文，与杨诚斋为金石交。淳熙中，诚斋为秘书监，延之为太常卿，又同为青宫寮采，无日不相从。二公皆善谑。

延之尝曰:"有一经句,请秘监对。曰:'杨氏为我。'"诚斋应曰:"尤物移人。"众皆叹其敏确。诚斋戏呼延之为"蜻蛚",延之戏呼诚斋为"羊"。一日,食羊白肠。延之曰:"秘监锦心绣肠,亦为人所食乎?"诚斋笑吟曰:"有肠可食何须恨,犹胜无肠可食人。"盖蜻蛚无肠也。一坐大笑。厥后闲居,书问往来,延之则曰:"羔儿无恙?"诚斋则曰:"彭越安在?"诚斋寄诗曰:"文戈却日玉无价,宝气蟠胸金欲流。"亦以蜻蛚戏之也。延之先卒,诚斋祭文云:"齐歌楚些,万象为挫。瓌伟诡谲,我倡公和。放浪谐谑,尚友方朔。巧发捷出,公嘲我酢。"

韩 平 原

宁宗既受禅,韩平原所望不过节钺。知阁刘弼尝从容告赵忠定曰:"此事侂胄不能无功,亦须分些官职与他。"忠定不答。由是渐有邪谋,迄逐众君子。余友赵从道有诗云:"庆元宰相事纷纷,说着令人暗断魂。好听当时刘弼语,分些官职乞平原。"余亦作一篇云:"斋坛一钺底须悭,坐见诸贤散似烟。不使庆元为庆历,也由人事也由天。"

莽 大 夫

司马温公、王荆公、曾南丰最推尊扬雄,以为不在孟轲下。至朱文公作《通鉴纲目》,乃始正其附王莽之罪,书"莽大夫扬雄死"。莽之行如狗彘,三尺童子知恶之,雄肯附之乎?《剧秦美新》不过言孙以免祸耳。然既受其爵禄,则是甘为之臣仆矣,独得辞"莽大夫"之名乎?文公此笔,与《春秋》争光,麟当再出也。刘潜夫诗云:"执戟浮沉计未疏,无端著论美新都。区区所得能多少,枉被人书莽大夫。"余谓名义所在,岂当计所得之多少!若以所得之少,枉被恶名为恨,则三公之位,万钟之禄,所得倘多,可以甘受恶名而为之乎?此诗颇碍理,余不可以不辨。

李　杜

　　李太白当王室多难、海宇横溃之日,作为歌诗,不过豪侠使气,狂醉于花月之间耳。社稷苍生曾不系其心胸,其视杜少陵之忧国忧民,岂可同年语哉! 唐人每以"李杜"并称,韩退之识见高迈,亦惟曰:"李杜文章在,光焰万丈长。"无所优劣也。至本朝诸公,始至推尊少陵。东坡云:"古今诗人多矣,而惟以杜子美为首。岂非以其饥寒流落,而一饭未尝忘君也与?"又曰:"《北征》诗识君臣大体,忠义之气,与秋色争高,可贵也。"朱文公云:"李白见永王璘反,便从臾之,诗人没头脑至于如此。杜子美以稷、契自许,未知做得与否,然子美却高,其救房琯亦正。"

交　情　世　态

　　汉翟公为廷尉,既罢,门可设雀罗。乃书门曰:"一贵一贱,交情乃见。"唐李适之罢相,作诗曰:"避贤初罢相,乐圣且衔杯。为问门前客,今朝几个来?"盖炎而附,寒而弃,从古然矣。灌夫不负窦婴于摈弃之时,任安不负卫青于衰落之日,徐晦越乡而别临贺,后山出境而见东坡,宜其足以响千载之齿颊也! 刘元城之事司马公,当其在朝,书问削迹;及其闲居,亟问无虚月,此又高矣。至于巢谷年逾七十,徒步万里,访二苏于瘴海之上,死而不悔,节士也。

山　居　上　梁　文

　　孙仲益《山居上梁文》云:"老蟾驾月,上千崖紫翠之间;一鸟呼风,啸万木丹青之表。"又云:"衣百结之衲,扪虱自如;拄九节之筇,送鸿而去。"奇语也。

听　谗　诗

世传《听谗诗》云：“谗言谨莫听，听之祸殃结。君听臣当诛，父听子当决，夫妻听之离，兄弟听之别，朋友听之疏，骨肉听之绝。堂堂八尺躯，莫听三寸舌。舌上有龙泉，杀人不见血。”不知何人作，词意明切，类白乐天。

画　马

唐明皇令韩斡观御府所藏画马，斡曰：“不必观也，陛下厩马万匹，皆臣之师。”李伯时工画马，曹辅为太仆卿，太仆廨舍国马皆在焉，伯时每过之，必终日纵观，至不暇与客语。大概画马者，必先有全马在胸中，若能积精储神，赏其神俊，久久则胸中有全马矣。信意落笔，自然超妙，所谓用意不分乃凝于神者也。山谷诗云：“李侯画骨亦画肉，笔下马生如破竹。”“生”字下得最妙，盖胸中有全马，故由笔端而生，初非想像模画也。东坡《文与可竹记》云：“竹之始生，一寸之萌耳，而节叶具焉。自蜩腹蛇蚹以至于剑拔十寻者，生而有之也。今画者节节而为之，叶叶而累之，岂复有竹乎！故画竹必先得成竹于胸中，执笔熟视，乃见其所欲画者，急起从之，振笔直遂，以追其所见，如兔起鹘落，少纵则逝矣。”坡公善于画竹者也，故其论精确如此。曾云巢无疑工画草虫，年迈愈精。余尝问其有所传乎，无疑笑曰：“是岂有法可传哉？某自少时，取草虫笼而观之，穷昼夜不厌。又恐其神之不完也，复就草地之间观之，于是始得其天。方其落笔之际，不知我之为草虫耶，草虫之为我也。此与造化生物之机缄盖无以异，岂有可传之法哉！”

风　水

古人建都邑、立室家，未有不择地者。如《书》所谓达观于新邑，营卜瀍涧之东西；《诗》所谓升虚望楚，降观于桑，度其隰原，观其流泉。盖自三代时已然矣。余行天下，凡通都会府，山水固皆翕聚。至于百家之邑，十室之市，亦必倚山带溪，气象回合。若风气亏疏，山水飞走，则必无人烟之聚。此诚不可不信，不可不择也。乃若葬者，藏也。藏者，欲人之不得见也。古人之所谓卜其宅兆者，乃孝子慈孙之心，谨重亲之遗体，使其他日不为城邑道路沟渠耳。借曰精择，亦不过欲其山水回合，草木茂盛，使亲之遗体得安耳，岂藉此以求子孙富贵乎？郭璞谓本骸乘气，遗体受荫，此说殊不通。夫铜山西崩，灵钟东应，木生于山，栗牙于室，此乃活气相感也。今枯骨朽腐，不知痛痒，积日累月，化为朽壤，荡荡游尘矣，岂能与生者相感，以致祸福乎？此决无之理也。世之人惑璞之说，有贪求吉地未能惬意，至十数年不葬其亲者。有既葬，以为不吉，一掘未已，至掘三掘四者。有因买地致讼，棺未入土而家已萧条者。有兄弟数人惑于各房风水之说，至于骨肉化为仇雠者。凡此数祸，皆璞之书为之也。且人之生也，贫富贵贱，夭寿贤愚，禀性赋分，各自有定，谓之天命，不可改也，岂冢中枯骨所能转移乎？若如璞之说，上帝之命反制于一坏之土矣。杨诚斋素不信风水之说，尝言郭璞精于风水，宜妙选吉地，以福其身，以利其子孙，然璞身不免于刑戮，而子孙卒以衰微，则是其说已不验于其身矣。而后世方且诵其遗书而尊信之，不亦惑乎！今之术者，言坟墓若有席帽山，则子孙必为侍从官，盖以侍从重戴故也。然唐时席帽，乃举子所戴，故有“席帽何时得离身”之句。至本朝都大梁，地势平旷，每风起，则尘沙扑面，故侍从跨马，许重戴以障尘。夫自有宇宙，则有此山，何贱于唐而贵于今耶？近时京丞相仲远，豫章人也，崛起寒微，祖父皆火化无坟墓；每寒食，则野祭而已，是岂因风水而贵哉？

南轩辨梅溪语

南轩以内机入奏，引至东华门。孝宗因论人才，问王十朋如何，对曰：“天下莫不以为正人。”上曰：“当时出去，有少说话待与卿说。十朋向来与史浩书，称古则伊、周，今则阁下是何说话？”对曰：“十朋岂非谓浩当伊、周之任而责之乎?"上曰:"更有一二事,见其有未纯处。"对曰:"十朋天下公论归之,更望陛下照察主张。臣父以为陛下左右岂可无刚明腹心之臣,庶几不至孤立。"上曰:"刚患不中,奈何?"对曰:"人贵夫刚,刚贵夫中。刚或不中,犹胜于柔懦。"上默然。盖史直翁与张魏公议论不同,梅溪则是张而非史者也。故上因直翁之说而有是言。上又尝曰:"难得仗节死义之臣。"南轩对曰:"陛下欲得仗节死义之臣,当于犯颜敢谏中求之。"亦指梅溪而言也。

道 不 远 人

子曰:"道不远人。"孟子曰:"道在迩而求诸远。"有尼《悟道》诗云:"尽日寻春不见春,芒鞋踏遍陇头云。归来笑拈梅花嗅,春在枝头已十分。"亦脱洒可喜。

历代笔记小说大观总目

齐东野语　[宋]周密 撰　黄益元 校点

癸辛杂识　[宋]周密 撰　王根林 校点

归潜志·乐郊私语　[金]刘祁 [元]姚桐寿 撰　黄益元 李梦生
　　校点

山居新语·至正直记　[元]杨瑀 孔齐 撰　李梦生 庄葳 郭群一
　　校点

南村辍耕录　[元]陶宗仪 撰　李梦生 校点

明代

草木子(外三种)　[明]叶子奇 等撰　吴东昆 等校点

双槐岁钞　[明]黄瑜 撰　王岚 校点

菽园杂记　[明]陆容 撰　李健莉 校点

庚巳编·今言类编　[明]陆粲 郑晓 撰　马镛 杨晓波 校点

四友斋丛说　[明]何良俊 撰　李剑雄 校点

客座赘语　[明]顾起元 撰　孔一 校点

五杂组　[明]谢肇淛 撰　傅成 校点

万历野获编　[明]沈德符 撰　杨万里 校点

涌幢小品　[明]朱国祯 撰　王根林 校点

清代

筠廊偶笔 二笔·在园杂志　[清]宋荦 刘廷玑 撰　蒋文仙 吴法源
　　校点

虞初新志　[清]张潮 辑　王根林 校点

坚瓠集　[清]褚人获 辑撰　李梦生 校点

柳南随笔 续笔　[清]王应奎 撰　以柔 校点

茶余客话　[清]阮葵生 撰　李保民 校点

檐曝杂记·秦淮画舫录　[清]赵翼 捧花生 撰　曹光甫 赵丽琰
　　校点

履园丛话　[清]钱泳 撰　孟斐 校点

归田琐记　[清]梁章钜 撰　阳羡生 校点

浪迹丛谈 续谈 三谈　〔清〕梁章钜 撰　吴蒙 校点

啸亭杂录 续录　〔清〕昭梿 撰　冬青 校点

竹叶亭杂记·今世说　〔清〕姚元之 王晫 撰　曹光甫 陈大康 校点

冷庐杂识　〔清〕陆以湉 撰　冬青 校点

两般秋雨盦随笔　〔清〕梁绍壬 撰　庄葳 校点